Univers des Lettres Bordas

Collection
André Lagarde et Laurent Michard

# FLAUBERT

# MADAME BOVARY

Extraits
avec une notice sur la vie et l'art de Flaubert,
une présentation et une analyse de l'œuvre,
une étude littéraire, des notes, des questions,
des jugements et des thèmes de réflexion

par

## Jacques GAUTREAU

Agrégé des Lettres
Professeur honoraire au lycée Claude-Bernard

## BORDAS

# Vie de Gustave Flaubert

1821   Le 12 décembre, naissance de Gustave Flaubert à l'hôtel-Dieu de Rouen, dont son père devait devenir le chirurgien-chef. Un frère aîné de Gustave succédera à son père dans ce poste.

1824   Naissance de Caroline, sœur très aimée de Gustave.

1831-1840   De la huitième au baccalauréat, scolarité peu brillante, mais fertile en écrits souvent très romantiques.

1836   Rencontre fulgurante, à Trouville, d'Elisa Schlésinger, qu'il aimera, platoniquement, toute sa vie.

1841-1843   Etudiant en droit, mène une vie très libre à Paris. Fréquente l'atelier du sculpteur Pradier. Y rencontre Victor Hugo.

1844   Grave crise nerveuse (épileptique ?). Renonce au droit et se voue aux lettres. Résidera habituellement une grande partie de l'année à Croisset, près de Rouen, au bord de la Seine.

1849   Ses amis Du Camp et Bouilhet, appelés à juger *La Tentation de saint Antoine* (en sa première version) la condamnent.

1846   Ses amis Du Camp et Bouilhet, appelés à juger *La Tentation de saint Antoine* (en sa première version) la condamnent.

1849-1851   Flaubert et Du Camp effectuent un voyage de deux ans qui les mène jusqu'en Egypte et à Constantinople.

1851-1855   Composition de *Madame Bovary*.

1857   Poursuites judiciaires contre l'auteur pour offenses à la morale. Flaubert est acquitté. Commence *Salammbô*.

1858-1869   Se partage entre Croisset et Paris où il fréquente, outre certains milieux littéraire, le salon de la princesse Mathilde.

1862   Termine *Salammbô*.

1864   Commence *L'Education sentimentale,* qui sera publiée - et froidement reçue - en 1869.

1872-1879   Années difficiles. Ennuis de santé et d'argent. Se ruine presque pour sauver sa nièce d'un désastre financier. Echec d'une pièce, *Le Candidat*. Publie les *Trois Contes*, bien accueillis par la critique.

1880   Meurt brusquement le 8 mai, après quelques semaines où il avait été chaleureusement entouré et fêté.

**La grande passion de Flaubert : Elisa Schlésinger.**

Madame Schlésinger et son fils par A. Dévéria, 1838.
Bibl. Nat., Paris. Ph. © Archives Photeb.

# BIBLIOGRAPHIE

*Correspondance* de Flaubert : les références données dans ce livre renvoient à l'édition Conard, Paris, 1926-1933.

**Études sur Flaubert et son œuvre :**

V. Brombert, *Flaubert,* Éditions du Seuil, 1977.
Cl. Digeon, *Flaubert,* Hatier, 1970.
R. Dumesnil, *Gustave Flaubert, l'homme et l'œuvre,* Desclée, 1947.
H. Guillemin, *Flaubert devant la vie et devant Dieu,* Plon, 1939.
J.-P. Sartre, *L'Idiot de la famille,* Gallimard, 1971.
J. Suffel, *Gustave Flaubert,* Éditions Universitaires, 1968.
A. Thibaudet, *Gustave Flaubert,* Paris, 1935.


**Études sur *Madame Bovary* :**

R. Baniol, *Madame Bovary,* Hatier, 1973.
R. Dumesnil, *Flaubert et Madame Bovary,* Paris, 1945.
Cl. Gothot-Mersch, *La Genèse de Madame Bovary,* Corti, 1966.
G. Leleu, *Une source inconnue de Madame Bovary, le document Pradier,* dans la *Revue d'Histoire littéraire de la France,* 47e année, n° 3.
J. Rousset, « *Madame Bovary* » *ou le livre sur Rien,* dans *Forme et Signification*, Corti, 1962.

Flaubert au temps des grandes œuvres.

# L'HOMME ET L'ARTISTE

« C'est étrange comme je suis né avec peu de foi au bonheur. » (Corr. I, 263)

**L'homme**

Le 13 décembre 1821, Mme Flaubert, femme d'un chirurgien de l'hôtel-Dieu de Rouen, donna le jour à son second enfant. Elle désirait une fille. Ce fut un garçon, Gustave. Lorsque le jeune Gustave entra au collège, son père eût voulu qu'il fût un brillant élève, comme lui-même, ou du moins un bon élève, comme son frère aîné Achille. Mais Gustave traîna jusqu'à son baccalauréat un retard de deux ans dans sa scolarité. Se crut-il pour cela « l'idiot de la famille », comme le dit J.-P. Sartre ? Écoutons plutôt ce qu'il révèle de lui-même dans les *Mémoires d'un fou*, écrits à dix-sept ans

« Je fus au collège dès l'âge de dix ans et j'y contractai de bonne heure une profonde aversion pour les hommes. Cette société d'enfants est aussi cruelle pour ses victimes que l'autre petite société, celle des hommes. Même injustice de la foule, même tyrannie des préjugés et de la force, même égoïsme, quoi qu'on en ait dit sur le désintéressement et la fidélité de la jeunesse. Jeunesse ! âge de folie et de rêves, de poésie et de bêtise, synonymes dans la bouche des gens qui jugent le monde *sainement*. J'y fus froissé dans tous mes goûts : dans la classe, pour mes idées ; aux récréations, pour mes penchants de sauvagerie solitaire. Dès lors, j'étais un fou. »

Idiot de la famille, ou bien nature trop sensible victime de la vulgarité et de la sottise humaines ?

Revenons sur son enfance. Il lui manqua cette atmosphère de chaude et d'indulgente tendresse que seule une mère peut faire régner autour de son enfant. Il en aurait eu d'autant plus besoin que son père lui offrait l'image d'un homme exemplaire, que ses qualités mêmes rendaient redoutable pour un enfant qui se sentait si loin de pouvoir l'égaler. Gustave, certes, aima et respecta profondément ses parents, et, dans la vieillesse de sa mère, il devait se montrer pour elle le meilleur des fils. Mais, jeune enfant, il ne trouva pas chez eux l'encouragement compréhensif qui lui eût permis de mieux surmonter la faiblesse d'une nature nerveuse et psychologiquement vulnérable. D'où ce qu'il faut bien appeler sa haine de la vie : « L'idée de donner le jour à quelqu'un *me fait horreur*. Je me maudirais si j'étais père. Un fils de moi ! Oh ! non, non, non ! Que toute ma chair périsse et que je ne transmette à personne l'embêtement et les ignominies de l'existence ! » (*Corr.,* III, 63).

Heureusement, enfant et adolescent, Gustave trouva en sa sœur Caroline, plus jeune que lui de trois ans, non seulement une compagne de jeux, mais aussi une confidente sûre. Leur affection mutuelle était bien utile pour contrebalancer l'austérité du logement de leurs parents, à l'hôtel-Dieu même, dont le docteur Flaubert était devenu chirurgien-chef.

« L'amphithéâtre de l'hôtel-Dieu donnait sur notre jardin. Que de fois, avec ma sœur, n'avons-nous pas grimpé au treillage, et, suspendus entre la vigne, regardé curieusement les cadavres étalés ! Le soleil donnait dessus. Les mêmes mouches qui voltigeaient sur nous et sur les fleurs allaient s'abattre là, revenaient, bourdonnaient... Je vois encore mon père levant la tête de dessus sa dissection et nous disant de nous en aller » (A Louise Colet, 7-8 juillet 1853).

Autre chose le consolait — et, en même temps, le mettait à part —, c'était son imagination passionnée. C'est elle qui le fit se lancer à corps perdu dans les engouements romantiques de sa génération. « Je me rappelle avec quelle volupté je dévorais alors les pages de Byron et de *Werther* ; avec quels transports je lus *Hamlet, Roméo,* et les ouvrages les plus brûlants de notre époque, toutes ces œuvres enfin qui fondent l'âme en délices, qui la brûlent d'enthousiasme. » C'est cette imagination encore qui lui fit multiplier dès le collège les premiers essais littéraires en tous genres.

Et l'amour ? Par mauvaise honte, pour cesser d'être en butte aux moqueries de ses camarades, il connut — avec dégoût — l'amour vénal à quinze ans. Mais, peu après, lors des vacances de 1838 au bord de la mer, il eut la révélation de la passion pure en rencontrant Mme Schlésinger. Voici comment, dans les *Mémoires d'un fou*, Flaubert évoque ce souvenir tout frais encore :

« Chaque matin, j'allais la voir baigner ; je la contemplais de loin sous l'eau ; j'enviais la vague molle et paisible qui battait sur ses flancs et couvrait d'écume cette poitrine haletante, je voyais le contour de ses membres sous les vêtements mouillés qui la couvraient, je voyais son cœur battre, sa poitrine se gonfler ; je contemplais machinalement son pied se poser sur le sable, et mon regard restait fixé sur la trace de ses pas, et j'aurais pleuré presque en voyant le flot les effacer lentement.

« Et puis, quand elle revenait et qu'elle passait près de moi, que j'entendais l'eau tomber de ses habits et le frôlement de sa marche, mon cœur battait avec violence ; je baissais les yeux, le sang me montait à la tête, j'étouffais. Je sentais ce corps de femme à moitié nu passer près de moi avec le parfum de la vague. Sourd et aveugle, j'aurais deviné sa présence, car il y avait en moi quelque chose d'intime et de doux, qui se noyait en extases et en gracieuses pensées, quand elle passait ainsi. [...]

« J'étais immobile de stupeur, comme si la Vénus fût descendue de son piédestal et s'était mise à marcher. C'est que, pour la première fois, je sentais mon cœur, je sentais quelque chose de mystique, d'étrange comme un sens nouveau. J'étais baigné de sentiments infinis, tendres ; j'étais bercé d'images vaporeuses, vagues ; j'étais plus grand et plus fier tout à la fois. J'aimais. »

Gustave Flaubert garda fidèlement cette passion enfouie en lui toute sa vie. Fréquentant les Schlésinger, associé à leurs joies familiales, il ne se permit l'aveu de son amour que de longues années après la rencontre initiale, une fois le mari disparu...

Étudiant inscrit à la faculté de droit de Paris, Flaubert mène une vie agréable. Il fréquente en particulier la société fort mêlée qui s'assemblait chez le sculpteur James Pradier. Mais, en janvier 1844, alors qu'il vient d'avoir vingt-deux ans, il rencontre le destin sous la forme d'une crise nerveuse qui le fait rouler au fond de la carriole qu'il conduisait.

Ce n'était pas seulement le mariage qui devenait pour lui une perspective interdite. La menace imprécise, mais toujours présente, d'une nouvelle crise renforça chez lui sa tendance instinctive à fuir le monde, à en exagérer la vulgarité, la bêtise, la méchanceté pour se trouver justifié de s'écarter de lui. « Ma maladie aura toujours eu l'avantage qu'on me laisse m'occuper comme je l'entends, ce qui est un grand point dans la vie. Je ne vois pas qu'il y ait rien de préférable pour moi à une bonne chambre bien chauffée, avec les livres qu'on aime et tout le loisir désiré » (*Corr.*, I, 214).

La propriété de Croisset, où il vivra désormais pendant une bonne partie de l'année, est la forteresse où ne pénètrent que des amis sûrs. Élisa Schlésinger y viendra, mais Louise Colet ne sera pas reçue...

A Croisset, principalement dans le pavillon situé au bord de la Seine, Gustave Flaubert mènera une vie de travail acharné qu'il justifie souvent dans sa correspondance. Par exemple : « Le seul moyen de n'être pas malheureux est de s'enfermer dans l'Art et de compter pour rien tout le reste », ou encore : « On ne devrait jamais se reposer, car du moment qu'on ne fait plus rien, on songe à soi et dès lors on est malade, ou on se trouve malade, ce qui est synonyme. »

Le séduisant géant blond aux doux yeux bleus qu'il était à vingt ans perdra vite, à ce régime, sinon sa grandeur imposante, du moins sa beauté, tant son genre de vie était contraire à toute règle d'hygiène. Mais ce qui ne changea pas, ce furent sa bonté foncière et sa fidélité en amitié.

De sa retraite normande, il entretint une correspondance dont la lecture est passionnante, tant il la nourrit de réflexions sur son art et les devoirs de l'artiste en général. Louise Colet, un fameux bas-bleu, fut sa principale correspondante pendant les huit années de leur liaison (de 1846 à 1854). Il eut d'autres maîtresses, mais leur permit moins encore qu'à Louise d'interférer avec son travail, car sa recherche de la perfection en art pourrait être rapprochée de la quête mystique d'un croyant.

## L'écrivain

Lui-même, à plusieurs reprises, s'est comparé à un moine, à un ascète, tandis qu'il reprochait à Louise Colet d'avoir l'amour de l'art, mais de ne pas en avoir la religion. « Éprouves-tu, lui dit-il un jour, ainsi que moi, avant de commencer une œuvre, une espèce de terreur religieuse ? » (*Corr.*, I, 376).

Et pourtant, ce travailleur scrupuleux, ce reclus, qui, selon son mot, « vivait comme une huître », était au fond de lui-même « épris de gueulades, de lyrisme, de grands vols d'aigle, de toutes les sonorités de la phrase et des sommets de l'idée ». Cet aspect romantique, flamboyant, est naturellement visible dans ses œuvres de jeunesse plus que dans notre roman, puisque, après la condamnation portée par ses amis sur *La Tentation de saint Antoine* (en sa première version), il s'était imposé de ne pas céder à ses tendances spontanées.

Cet ascétisme littéraire correspondait d'ailleurs chez lui à l'idée que le roman pouvait être aussi précis que les sciences physiques si l'on s'appliquait assez à en trouver les lois. Dans cette perspective déterministe, la documentation est une étape nécessaire. Si *Madame Bovary* n'a pas requis des enquêtes aussi étendues que *Salammbô*, Flaubert n'a cependant négligé aucune recherche (sur les effets de l'arsenic, par exemple) pour asseoir son roman sur le fait vrai.

Mais le *fait vrai*, au jugement de Flaubert, n'a aucune valeur littéraire en soi. « J'exècre ce qu'on est convenu d'appeler le *réalisme...* », écrit-il à George Sand. Car le *beau* n'apparaît qu'à l'issue d'une refonte du réel par le génie propre du romancier. « Je voudrais écrire tout ce que je vois non tel qu'il est, mais transfiguré. La narration exacte du fait réel le plus magnifique me serait impossible. Il me faudrait le *broder* encore » (A Louise Colet, 1853).

D'où ce rêve d'une œuvre qui pourrait presque se passer de sujet. « Ce qui me semble beau, ce que je voudrais faire, c'est un livre sur rien, un livre sans attache extérieure, qui se tiendrait de lui-même par la force interne de son style. Comme la terre sans être soutenue se tient en l'air, un livre qui n'aurait presque pas de sujet ou du moins où le sujet serait presque invisible, si cela se peut. Les œuvres les plus belles sont celles où il y a le moins de matière ; plus l'expression se rapproche de la pensée, plus le mot colle dessus et disparaît, plus c'est beau. [...] C'est pour cela qu'il n'y a ni beaux ni vilains sujets et qu'on pourrait presque établir comme axiome, en se plaçant au point de vue de l'Art pur, qu'il n'y en a aucun, le style étant à lui tout seul une manière absolue de voir les choses [...] » (Lettre à Louise Colet, 16 janvier 1852).

La hantise du style, qui rapproche le roman de la

poésie, a été permanente chez Flaubert et explique la multiplicité de ses brouillons et sa lenteur à composer ses œuvres. Non seulement il avait à réfréner les élans de son imagination, mais encore il recherchait opiniâtrement l'*euphonie*, disons la qualité musicale de sa prose, qu'il contrôlait en lisant ses textes à haute voix, de toute sa force, dans ce pavillon de Croisset qu'il appelait son *gueuloir*. Précisons évidemment que le style, pour lui, c'était aussi l'adéquation des mots à l'idée et leur organisation dans une structure propre à satisfaire la pensée autant que l'oreille.

Comment l'artiste s'est-il donc tiré de cette lutte avec la réalité, avec l'imagination... et avec les mots ? Deux affirmations contradictoires laissent d'abord le lecteur perplexe : « *Madame Bovary* n'a rien de vrai. C'est une histoire totalement inventée ; je n'y ai rien mis ni de mes sentiments ni de mon existence », assertion à laquelle s'oppose la formule fameuse « Madame Bovary, c'est moi ». Voici comment Cl. Gothot-Mersch (*op. cit.,* pp. 85-86) tente de concilier ces points de vue opposés : « La contradiction, irréductible au premier abord, se résout assez aisément quand on tient compte de la façon dont le roman s'est élaboré. *Madame Bovary* est *hors de Flaubert* dans la mesure où il a choisi, pour la première fois, un sujet qui ne lui était pas naturel, dans la mesure où il a voulu écrire, non une œuvre lyrique à caractère autobiographique, mais le roman d'une petite provinciale peu intéressante, histoire qui, au départ, n'avait rien de commun ni avec lui-même ni avec les sujets qu'il aimait. Mais Madame Bovary est Flaubert, d'abord parce qu'il a prêté au personnage son propre tempérament, et ensuite parce que la réalité d'information, neutre en soi, a rencontré chez lui une réalité intérieure, expérimentale et spéculative, qui a servi de tremplin pour la transformation d'un simple fait divers en une œuvre originale. »

Qu'en tout cas Flaubert ait été en *sympathie* profonde avec son héroïne, voilà qui paraît indéniable quand on lit ce qu'il écrit au sujet d'un passage de notre roman qu'il est en train de rédiger : « ... c'est une délicieuse chose que d'écrire, que de ne plus être soi... Aujourd'hui, par exemple, homme et femme tout ensemble, amant et maîtresse à la fois, je me suis promené à cheval dans une forêt, par un après-midi d'automne, sous des feuilles jaunes, et j'étais les chevaux, les feuilles, le vent, les paroles qu'ils se disaient... » (*Corr.*, II, 405).

Retenons encore, à propos de l'empoisonnement d'Emma, cette confidence faite à Hippolyte Taine en novembre 1856 : « Quand j'écrivais l'empoisonnement de Mme Bovary, j'avais si bien le goût d'arsenic dans la bouche, j'étais si bien empoisonné moi-même que je me suis donné deux indigestions coup sur coup... »

Impassibilité, objectivité, voilà des mots du vocabulaire scientifique qui ne s'appliquent guère à ce roman. A tout moment, au contraire, le lecteur sent affleurer le pessimisme de l'auteur et l'ironie, souvent mêlée de pitié, avec laquelle il considère la vie et les marionnettes qui s'y agitent.

Ajoutons que l'emploi très personnel que Flaubert a fait du style indirect libre lui permit, en des moments critiques, d'offrir en même temps une double perspective au lecteur : l'une lui présente, résumée et clarifiée, la pensée du personnage, l'autre lui fait entrevoir comment l'auteur lui-même considère la pensée du personnage, ce qui rend encore plus précaire le mythe de l'impassibilité du créateur.

Laissons Flaubert lui-même conclure sur la vocation d'écrivain : « Quel foutu métier ! quelle sacrée manie ! Bénissons-le pourtant, ce cher tourment. Sans lui, il faudrait mourir » (*Corr.*, III, 107).

# GENÈSE ET HISTOIRE DU ROMAN

## Aux origines de l'œuvre

Un récit de Maxime Du Camp, ami plus ou moins sûr de Gustave Flaubert, présente une explication simple de l'origine de *Madame Bovary*.

En septembre 1849, raconte Du Camp, comme Flaubert se trouvait accablé par la condamnation que ses deux meilleurs amis venaient de porter sur *La Tentation de saint Antoine*, Bouilhet aurait dit à Flaubert : « Pourquoi n'écrirais-tu pas l'histoire de Delaunay ! » Proposition que Flaubert aurait accueillie avec joie.

En fait, la rédaction de *Madame Bovary* ne commença qu'en 1851. Mais son auteur avait certainement continué de penser à ce sujet durant les deux années du voyage en Proche-Orient qu'il fit en compagnie de Du Camp, si passionnant qu'eût été en lui-même cet interminable périple. C'est même, si l'on en croit encore Du Camp, près de la deuxième cataracte du Nil que Flaubert aurait trouvé, et crié à tous les échos, le nom d'Emma Bovary. En tout cas, revenu en France en juillet 1851, il ne perdit pas de temps pour se mettre à l'ouvrage puisque le roman fut commencé dès le mois de septembre.

## La question des identifications

Le personnage d'Emma et les autres figures de l'œuvre, ainsi que les lieux de l'action, ont excité la curiosité des chercheurs et ont donné lieu à des identifications souvent séduisantes. L'héroïne se serait nommée dans la vie Delphine Delamare (et non Delaunay), femme d'un officier de santé (comme Charles). Yonville-l'Abbaye serait le bourg de Ry, et le propriétaire de la Huchette un certain Louis Campion. L'abbé Lafortune aurait prêté ses traits au curé Bournisien, et le pharmacien Jouanne, installé à Ry, à M. Homais. On aurait même retrouvé l'original d'Hivert, le cocher de l'« Hirondelle » !

Mais des réserves fondées ont été faites sur ces rapprochements, certains témoins consultés ayant sans doute, plus ou moins consciemment, modelé leur témoignage sur les données du roman.

Et puis, nous avons ces déclarations catégoriques de l'auteur : « Aucun modèle n'a posé devant moi. *Madame Bovary* est une pure invention. Tous les personnages de ce livre sont complètement imaginés, et Yonville-l'Abbaye lui-même est un pays *qui n'existe pas* » (*Corr.*, IV, 191-192).

Peut-être Flaubert a-t-il outré ces affirmations par une réaction d'agacement envers tous ceux qui semblaient avancer qu'il avait « copié la réalité ». On doit néanmoins en tenir grand compte, et des recherches plus scrupuleuses ont permis de mieux cerner la question.

**Aux sources de l'inspiration**

Au départ, certes, il y a les Delamare, mais les données sûres, d'après Cl. Gothot-Mersch (*op. cit.*, p. 34), se réduisent à ceci : « Eugène Delamare, officier de santé à Ry, se marie, fort jeune encore, non pas avec une veuve [...] mais avec une demoiselle Louise Mutel, de cinq ans son aînée.Celle-ci disparaît bientôt, et, après les délais convenables, le médecin se remarie avec Delphine Couturier, qui a dix-sept ans. Elle lui donne une fille et meurt en 1848, à l'âge de vingt-six ans. Un an plus tard, le mari disparaît à son tour. »

Des racontars ont-ils couru dans le pays sur la conduite de Delphine et les circonstances de sa mort ? Flaubert en a-t-il eu l'écho après Bouilhet ? Peut-être, mais quelle distance entre ce qui aurait pu simplement fournir la matière d'un article de Homais pour *Le Fanal de Rouen* et l'œuvre que Flaubert a portée en lui-même pendant cinq ans !

Observons d'ailleurs un fait curieux : avant même que dans la vie la jeune Delphine Couturier n'épousât Eugène Delamare, Flaubert, âgé alors de dix-sept ans, avait rédigé une nouvelle, *Passion et Vertu,* dont l'héroïne, Mazza Willers, avait pour son mari autant de mépris et de haine qu'Emma pour Charles et finissait par s'empoisonner. Ce thème hantait donc Flaubert depuis longtemps, mais, en dehors de lui, le spectacle de la vie lui offrait aussi sa contribution pour lui permettre de nourrir, ou mieux d'*inventer* le personnage d'Emma.

On sait, par exemple, que, à l'âge de vingt-deux ans, Flaubert avait assidûment fréquenté l'atelier du sculpteur Pradier, où se retrouvait une société fort libre d'artistes et gens de lettres. Or G. Leleu (*op. cit.,* p. 43), en dépouillant les papiers laissés par Gustave Flaubert après sa mort, a découvert un manuscrit intitulé *Mémoires de Ludovica,* où une main anonyme racontait la vie tumultueuse de Louise d'Arcet, épouse de Pradier. Cette Louise, vraie dévoreuse d'hommes, avait, à l'insu de son mari, accumulé les dettes, et Pradier, après le scandale d'un désastre financier, avait, en 1845, obtenu la séparation. Or on a établi que Flaubert était allé voir Louise après que celle-ci eut quitté son mari. Comment ne se serait-il pas souvenu de ses aventures — au moins financières — en en prêtant d'analogues à Emma ?

Pour le fond sentimental, on a aussi pensé à Louise Colet. Ses ardeurs et ses foucades avaient — au grand dam de Flaubert — enrichi l'expérience de notre romancier au long d'une liaison qui s'étendit de 1848 à 1854, et il est improbable que le personnage d'Emma ne doive rien à l'encombrante Louise.

Si l'on quitte les cas individuels pour passer à la personne humaine en général, on retiendra aussi que Flaubert ne cessait d'engranger soigneusement tous les exemples de sottise dont il était témoin afin d'en grossir son futur *Dictionnaire des idées reçues.* Or beaucoup des clichés qui figurent dans la conversation de Léon et d'Emma appartiennent à ce fonds.

## La primauté de l'idée

La comédie de la vie, où il était à la fois acteur et observateur, offrait donc à Flaubert une matière surabondante pour remodeler, ou pour créer, ses personnages. Mais la vie peut bien fournir une large documentation, si l'on ose user de ce terme impropre, la primauté, tout au long de la gestation de l'œuvre, reste à l'*idée* que le romancier se fait de son sujet, et, en l'occurrence, cette *idée* était liée à tout ce qu'il y avait de plus intime et de plus fort en lui. D'où la profondeur de la boutade qu'on lui attribue : « Madame Bovary, c'est moi. »

## Histoire du roman

Il fallut cinq ans à son auteur pour arriver au bout de notre roman, cinq ans d'une sorte de martyre, si l'on en croit ses confidences, tant son souci de la perfection l'entraînait à d'innombrables corrections, ou même à de multiples reprises intégrales de tel ou tel passage (l'épisode des Comices, par exemple). Mais son calvaire n'était pas terminé. *La Revue de Paris,* où l'œuvre doit paraître, demande la liberté de pratiquer des coupures ! Puis, lorsque la publication a commencé, c'est la promenade en fiacre de Léon et d'Emma qui est supprimée par crainte de poursuites judiciaires. Celles-ci se produisent d'ailleurs quand même, et le procès a lieu en janvier 1857. La plaidoirie de Me Sénard pour Flaubert l'emporte sur le réquisitoire du procureur Pinard : le romancier est acquitté, mais avec des considérants qui l'indignent.

Le roman paraît enfin en librairie la même année, et la réticence, parfois fielleuse, de beaucoup de critiques ne peut rien contre les suffrages du public.

# ANALYSE DU ROMAN

**Première partie**

On y trouve d'abord l'histoire de Charles Bovary jusqu'à son premier veuvage. Né d'un couple mal assorti, il est un écolier médiocre et un étudiant impécunieux qui a du mal à obtenir son diplôme d'officier de santé (voir note 1, p. 27). Il se laisse ensuite imposer par sa mère un mariage sans charme dont il est rapidement libéré par le décès de son épouse. Il peut enfin suivre ses goûts et, malgré sa timidité, il obtient sans grand effort la main de la fille d'un fermier aisé. Celle-ci, qui avait été élevée dans une pension de « demoiselles », l'a ébloui par sa distinction et une aura de mélancolie.

Après la noce campagnarde traditionnelle, à laquelle le père d'Emma, contre les vœux de celle-ci, avait tenu, la jeune mariée vient à Tostes, où était installé son mari. Tandis que celui-ci jouit paisiblement de son bonheur, Emma éprouve une profonde déception dont elle rend responsables les limites qu'elle découvre en Charles. Une invitation dans un château voisin attise encore et ses regrets et ses désirs, et bientôt, sous l'effet de la mélancolie, sa santé s'altère. Pour la guérir en la changeant d'air, Charles sacrifie sa première clientèle et va s'établir à Yonville-l'Abbaye.

**Deuxième partie**

Dès le premier soir, dînant à l'auberge, les Bovary découvrent deux personnages qu'ils côtoieront tous les jours, le pharmacien Homais, demi-savant qui adore faire l'important, et le jeune clerc de notaire Léon Dupuis, dont les goûts romantiques font de lui comme une âme sœur d'Emma.

Celle-ci donne bientôt le jour à une fille, Berthe, au lieu du garçon espéré en qui elle aurait placé ses rêves de revanche sur la médiocrité de sa vie.

Petit à petit, une intimité d'esprit et de cœur grandit entre Léon et Emma, qui se sentent isolés au milieu de la platitude ou même de la vulgarité du bourg et de tous ses habitants. Mais Léon est trop timide, ou trop veule, pour déclarer ses sentiments à Emma qui, de son côté, a deviné que Léon l'aime. La jeune femme fait une tentative passagère pour ranimer en elle le sens de son devoir d'épouse tandis que Léon, découragé, quitte Yonville pour terminer ses études de droit à Paris. « Le lendemain fut, pour Emma, une journée funèbre. » Mais la tenue des comices agricoles fournit à un gentilhomme campagnard des environs, Rodolphe Boulanger, l'occasion de faire une cour pressante à Emma. Il la trouble aisément en lui débitant avec adresse des lieux communs romantiques et il trouve un allié inattendu en la personne de Charles Bovary lui-même. Celui-ci, en effet, ne songeant qu'à la santé de sa femme, encourage Emma à accepter l'offre que lui fait Rodolphe de pratiquer l'équitation en sa compagnie, sous prétexte d'exercice hygiénique.

Dès la première sortie, Emma devient la maîtresse de Rodolphe. Elle croit alors avoir ainsi accédé aux sommets de la passion. Mais la désillusion vient assez vite, malgré les efforts d'Emma pour se persuader qu'elle est heureuse. Une idée stupide de Homais lui rend l'espoir qu'elle pourra estimer son mari, à défaut de l'aimer. Il s'agit d'opérer le pied-bot d'un garçon d'écurie — lequel s'accommodait fort bien de son infirmité — afin qu'une *première* scientifique attire la gloire sur Yonville, sur le médecin, et, bien entendu, sur le pharmacien aussi. Le résultat, c'est qu'il faut bientôt couper la jambe du malheureux opéré, et qu'Emma, au comble de la haine pour son incapable de mari, se donne de nouveau, furieusement, à Rodolphe. Elle obtient même de celui-ci la promesse qu'il va l'enlever et l'emme-

ner en Italie, mais, dégrisé, son amant se dérobe au
dernier moment et Emma en tombe malade d'une
fièvre cérébrale. Charles la soigne avec un dévouement éperdu. Au bout de quelques semaines, Charles
écoute les conseils de Homais et, pour distraire sa
femme, l'emmène à Rouen assister à une représentation d'opéra où, par hasard, Emma retrouve Léon,
devenu clerc de notaire à Rouen après son séjour
parisien. Déniaisé par les fréquentations de la capitale, Léon se promet de posséder Emma.

### Troisième partie

Après une velléité de refus, Emma lui cède en se
donnant à lui dans un fiacre. Désormais, elle ne vit
plus que pour ses rendez-vous avec Léon. Elle a
recours à de multiples ruses pour tromper Charles,
qui conserve à son égard une confiance et un amour
sans faille. Mais il faut de l'argent pour les voyages
à Rouen et les cadeaux à Léon. Emma a la faiblesse
de se laisser prendre aux manœuvres du prêteur
Lheureux qui la pousse à s'endetter afin de l'avoir
à sa merci quand elle sera incapable de rembourser.

Ce jour fatal arrive alors que Léon se montre las
de cette liaison qu'il subit au lieu de la conduire.
Un huissier se présente pour saisir les meubles du
ménage Bovary. Emma, affolée, frappe à toutes les
portes, même à celle de Rodolphe, pour trouver les
huit mille francs, somme énorme pour l'époque, qui
la sauveraient. Peine perdue. Alors elle s'empoisonne
avec de l'arsenic qu'elle a dérobé dans les réserves
du pharmacien.

Elle meurt lentement, dans d'atroces souffrances,
sous les yeux de Charles désespéré. Celui-ci survit
encore quelque temps, se repliant sur sa tendresse
pour la petite Berthe. Mais la découverte de lettres
d'amour reçues par Emma de Rodolphe et de Léon
l'achève. Lui disparu, un homme s'épanouit et
triomphe, c'est le pharmacien Homais.

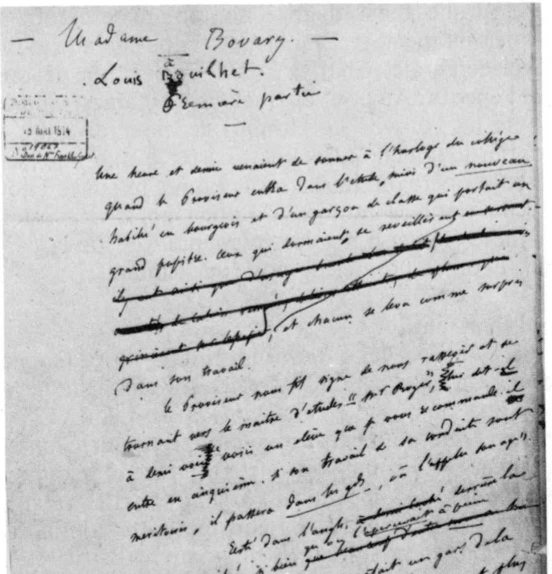

— Madame Bovary. —
Louis à Bouilhet.
Première partie

# MADAME BOVARY

## *PREMIÈRE PARTIE*

### L'ARRIVÉE DU NOUVEAU*

Nous étions à l'étude, quand le Proviseur entra, suivi d'un *nouveau* habillé en bourgeois et d'un garçon de classe qui portait un grand pupitre. Ceux qui dormaient se réveillèrent, et chacun se leva, comme surpris dans son travail.

Le proviseur nous fit signe de nous rasseoir ; puis, se tournant vers le maître d'études :

— Monsieur Roger, lui dit-il à demi-voix, voici un élève que je vous recommande, il entre en cinquième. Si son travail et sa conduite sont méritoires, il passera *dans les grands*, où l'appelle son âge.

Resté dans l'angle, derrière la porte, si bien qu'on l'apercevait à peine, le *nouveau* était un gars de la campagne, d'une dizaine d'années environ, et plus haut de taille qu'aucun de nous tous. Il avait les cheveux coupés droit sur le front, comme un chantre de village, l'air raisonnable et fort embarrassé. Quoiqu'il ne fût pas large des épaules, son habit-veste de drap vert à boutons noirs devait le gêner aux entournures et laissait voir, par la fente des parements, des poignets rouges habitués à être nus. Ses jambes, en bas bleus, sortaient d'un pantalon jaunâtre très tiré par les bretelles. Il était chaussé de souliers forts, mal cirés, garnis de clous.

5

10

15

20

---

*. Ce sous-titre et les suivants ont été ajoutés dans cette édition pour la commodité du lecteur.

On commença la récitation des leçons. Il les écouta    25
de toutes ses oreilles, attentif comme au sermon,
n'osant même croiser les cuisses, ni s'appuyer sur le
coude, et, à deux heures, quand la cloche sonna, le
maître d'études fut obligé de l'avertir, pour qu'il se
mît avec nous dans les rangs.    30

Nous avions l'habitude, en entrant en classe, de
jeter nos casquettes par terre, afin d'avoir ensuite
nos mains plus libres ; il fallait, dès le seuil de la
porte, les lancer sous le banc, de façon à frapper
contre la muraille, en faisant beaucoup de pous-    35
sière ; c'était là le *genre*.

Mais, soit qu'il n'eût pas remarqué cette
manœuvre ou qu'il n'eût osé s'y soumettre, la prière[1]
était finie que le *nouveau* tenait encore sa casquette
sur ses deux genoux. C'était une de ces coiffures    40
d'ordre composite, où l'on retrouve les éléments du
bonnet à poil, du chapska, du chapeau rond, une
de ces pauvres choses, enfin, dont la laideur muette
a des profondeurs d'expression comme le visage d'un
imbécile. Ovoïde et renflée de baleines, elle com-    45
mençait par trois boudins circulaires ; puis s'alternaient, séparés par une bande rouge, des losanges
de velours et de poil de lapin ; venait ensuite une
façon de sac qui se terminait par un polygone car-
tonné couvert d'une broderie en soutache compli-    50
quée, et d'où pendait, au bout d'un long cordon
trop mince, un petit croisillon de fils d'or en manière
de gland. Elle était neuve ; la visière brillait.

— Levez-vous, dit le professeur.

Il se leva : sa casquette tomba. Toute la classe se    55
mit à rire.

Il se baissa pour la reprendre. Un voisin la fit
tomber d'un coup de coude ; il la ramassa encore
une fois.

— Débarrassez-vous donc de votre casque, dit le 60
professeur qui était un homme d'esprit.

Il y eut un rire éclatant des écoliers qui déconte-
nança le pauvre garçon, si bien qu'il ne savait s'il
fallait garder sa casquette à la main, la laisser par
terre ou la mettre sur sa tête. Il se rassit et la posa 65
sur ses genoux.

— Levez-vous, dit le professeur, et dites-moi votre
nom.

Le *nouveau* articula, d'une voix bredouillante, un
nom inintelligible. 70

— Répétez.

Le même bredouillement de syllabes se fit entendre couvert par les huées de la classe.

— Plus haut ! cria le maître, plus haut !

Le *nouveau*, prenant alors une résolution extrême, 75
ouvrit une bouche démesurée et lança à pleins pou-
mons, comme pour appeler quelqu'un, ce mot :
Charbovari.

Ce fut un vacarme qui s'élança d'un bond, monta
en *crescendo*, avec des éclats de voix aigus (on hur- 80
lait, on aboyait, on trépignait, on répétait : *Charbovari ! Charbovari !*), puis qui roula en notes
isolées, se calmant à grand'peine, et parfois qui
reprenait tout à coup sur la ligne d'un banc où
saillissait encore çà et là, comme un pétard mal 85
éteint, quelque rire étouffé.

Cependant, sous la pluie des pensums, l'ordre peu
à peu se rétablit dans la classe, et le professeur,
parvenu à saisir le nom de Charles Bovary, se l'étant
fait dicter, épeler et relire, commanda tout de suite 90
au pauvre diable d'aller s'asseoir sur le banc de
paresse, au pied de la chaire. Il se mit en mouvement, mais, avant de partir, hésita.

— Que cherchez-vous ? demanda le professeur.

— Ma cas..., fit timidement le *nouveau*, prome- 95
nant autour de lui des regards inquiets.

— Cinq cents vers à toute la classe ! exclamé

d'une voix furieuse, arrêta, comme le *Quos ego*[1] une bourrasque nouvelle. Restez donc tranquilles ! continuait le professeur indigné, et s'essuyant le front avec son mouchoir qu'il venait de prendre dans sa toque. Quant à vous, le *nouveau,* vous me copierez vingt fois le verbe *ridiculus sum*[2].

Puis d'une voix plus douce :

— Eh ! vous la retrouverez, votre casquette, on ne vous l'a pas volée !

---

• **L'entrée en scène de Charles Bovary**
     Le roman commence et se clôt avec le personnage de Charles dont Emma traversera et détruira l'existence.

①Montrer avec quelle habileté Flaubert a restitué l'ambiance des salles d'études et de classe dans un collège de province. Qu'est-ce que l'emploi de *nous*, exceptionnel dans ce roman, ajoute à cette scène ? Quels traits définissent l'existence d'une classe comme groupe fermé sur lui-même, avec ses rites, ses manifestations de rejet, sa cruauté à l'égard de l'étranger ?

②Au milieu de ce groupe arrive l'intrus : observer comment il se révèle inadapté, à la fois physiquement et moralement (sa bonne volonté sans limite...), et comment son accoutrement le met également à part.

③L'impression de pauvreté donnée par sa tenue n'est-elle pas accentuée par le manque de goût et de soin ?

• **L'épisode de la casquette**
     La mère de Charles, en choisissant cette coiffure, comptait sans doute qu'elle compenserait la médiocrité du reste de la tenue. Revanche manquée, puisque l'auteur sort de sa réserve pour porter un jugement accablant sur ce couvre-chef.

④Montrer comment il prend visiblement plaisir à entasser détail sur détail pour donner comme une dimension épique à la laideur absurde et prétentieuse de cet objet.

---

1. Paroles de menace, adressées par Neptune aux vents qui mettaient en danger la flotte troyenne (Virgile, *Enéide,* I, 125).
2. « Je suis ridicule ».

*Consciencieux, Charles Bovary réussit à ne pas redou-
bler ses classes. Son père, jadis aide-chirurgien-major,
avait été chassé de l'armée pour corruption. Jouisseur sans
scrupules, il avait rapidement mangé la dot de sa femme,
et avait rendu celle-ci très malheureuse. Aussi avait-elle
reporté sur Charles, son seul enfant, tous ses rêves, deve-
nus vains, de grandeur et de bonheur. Mais le jeune
homme, sorti du collège, a beaucoup de peine à décrocher
son diplôme d'officier de santé¹. Quand il y a enfin réussi,
sa mère lui choisit une femme : une veuve de quarante-
cinq ans « laide, sèche comme un cotret et bourgeonnée
comme un printemps », qui le gouverne comme un enfant,
tout en réclamant de lui les attentions d'un amant. Installé
à Tostes, Bovary est bientôt appelé en pleine nuit pour
remettre une jambe cassée. Le patient est un gros fermier
habitant à six lieues de là. Au petit jour, un jeune valet
vient au devant de Charles.*

## MADEMOISELLE EMMA

L'officier de santé, chemin faisant, comprit aux
discours de son guide que M. Rouault devait être un
cultivateur des plus aisés. Il s'était cassé la jambe,
la veille au soir, en revenant de *faire les Rois* chez
un voisin. La femme était morte depuis deux ans. Il        5
n'avait avec lui que sa *demoiselle,* qui l'aidait à tenir
la maison.

Les ornières devinrent plus profondes. On approchait des Bertaux. Le petit gars, se coulant alors par
un trou de haie, disparut, puis il revint au bout        10
d'une cour en ouvrir la barrière. Le cheval glissait
sur l'herbe mouillée ; Charles se baissait pour passer
sous les branches. Les chiens de garde à la niche

---

1. Trois années d'études suffisaient pour devenir officier de santé, au
lieu des cinq requises pour être docteur en médecine. Mais on n'avait le
droit d'exercer qu'à la campagne.

aboyaient en tirant sur leur chaîne. Quand il entra
dans les Bertaux, son cheval eut peur et fit un grand          15
écart.

C'était une ferme de bonne apparence. On voyait
dans les écuries, par le dessus des portes ouvertes,
de gros chevaux de labour qui mangeaient tranquillement dans des râteliers neufs. Le long des bâti-          20
ments s'étendait un large fumier ; de la buée s'en
élevait, et, parmi les poules et les dindons, picoraient
dessus cinq ou six paons, luxe des basses-cours cau-
choises. La bergerie était longue, la grange était
haute, à murs lisses comme la main. Il y avait sous          25
le hangar deux grandes charrettes et quatre charrues,
avec leurs fouets, leurs colliers, leurs équipages com-
plets, dont les toisons de laine bleue se salissaient à
la poussière fine qui tombait des greniers. La cour
allait en montant, plantée d'arbres symétriquement          30
espacés ; et le bruit gai d'un troupeau d'oies reten-
tissait près de la mare.

Une jeune femme, en robe de mérinos bleu garnie
de trois volants, vint sur le seuil de la maison pour
recevoir M. Bovary, qu'elle fit entrer dans la cuisine,          35
où flambait un grand feu. Le déjeuner des gens
bouillonnait alentour, dans des petits pots de taille
inégale. Des vêtements humides séchaient dans l'intérieur de la cheminée. La pelle, les pincettes et le
bec du soufflet, tous de proportion colossale, bril-          40
laient comme de l'acier poli, tandis que le long des
murs s'étendait une abondante batterie de cuisine,
où miroitait inégalement la flamme claire du foyer,
jointe aux premières lueurs du soleil arrivant par les
carreaux.          45

Charles monta, au premier, voir le malade. Il le
trouva dans son lit, suant sous ses couvertures et
ayant rejeté bien loin son bonnet de coton. C'était
un gros petit homme de cinquante ans, à la peau
blanche, à l'œil bleu, chauve sur le devant de la          50
tête, et qui portait des boucles d'oreilles. Il avait à

ses côtés, sur une chaise, une grande carafe d'eau-
de-vie, dont il se versait de temps à autre pour se
donner du cœur au ventre ; mais, dès qu'il vit le
médecin, son exaltation tomba, et, au lieu de sacrer      55
comme il faisait depuis douze heures, il se prit à
geindre faiblement.

La fracture était simple, sans complication d'aucune espèce. Charles n'eût osé en souhaiter de plus
facile. Alors, se rappelant les allures de ses maîtres      60
auprès du lit des blessés, il réconforta le patient avec
toutes sortes de bons mots, caresses chirurgicales qui
sont comme l'huile dont on graisse les bistouris.
Afin d'avoir des attelles, on alla chercher, sous la
charretterie, un paquet de lattes. Charles en choisit      65
une, la coupa en morceaux et la polit avec un éclat
de vitre, tandis que la servante déchirait des draps
pour faire des bandes, et que Mlle Emma tâchait de
coudre des coussinets. Comme elle fut longtemps
avant de trouver son étui, son père s'impatienta ;      70
elle ne répondit rien ; mais, tout en cousant, elle se
piquait les doigts, qu'elle portait ensuite à sa bouche
pour les sucer.

Charles fut surpris de la blancheur de ses ongles.
Ils étaient brillants, fins du bout, plus nettoyés que      75
les ivoires de Dieppe, et taillés en amande. Sa main
pourtant n'était pas belle, point assez pâle, peut-
être, et un peu sèche aux phalanges ; elle était trop
longue aussi et sans molles inflexions de lignes sur
les contours. Ce qu'elle avait de beau, c'étaient les      80
yeux : quoiqu'ils fussent bruns, ils semblaient noirs
à cause des cils, et son regard arrivait franchement
à vous avec une hardiesse candide.

Une fois le pansement fait, le médecin fut invité,
par M. Rouault lui-même, à *prendre un morceau*,      85
avant de partir.

Charles descendit dans la salle, au rez-de-chaussée. Deux couverts, avec des timbales d'argent y
étaient mis sur une petite table, au pied d'un grand

lit à baldaquin revêtu d'une indienne à personnages     90
représentant des Turcs. On sentait une odeur d'iris
et de draps humides qui s'échappait de la haute
armoire en bois de chêne faisant face à la fenêtre.
Par terre, dans les angles, étaient rangés, debout,
des sacs de blé. C'était le trop-plein du grenier pro-     95
che, où l'on montait par trois marches de pierre. Il
y avait, pour décorer l'appartement, accrochée à un
clou, au milieu du mur dont la peinture verte s'écail-
lait sous le salpêtre, une tête de Minerve au crayon
noir, encadrée de dorure, et qui portait en bas, écrit     100
en lettre gothiques : « A mon cher papa. »

On parla d'abord du malade, puis du temps qu'il
faisait, des grands froids, des loups qui couraient
les champs la nuit. Mlle Rouault ne s'amusait guère
à la campagne, maintenant surtout qu'elle était char-     105
gée presque à elle seule des soins de la ferme. Comme
la salle était fraîche, elle grelottait tout en mangeant,
ce qui découvrait un peu ses lèvres charnues, qu'elle
avait coutume de mordillonner à ses moments de
silence.                                                   110

Son cou sortait d'un col blanc, rabattu. Ses cheveux, dont les deux bandeaux noirs semblaient chacun d'un seul morceau, tant ils étaient lisses, étaient
séparés sur le milieu de la tête par une raie fine, qui
s'enfonçait légèrement selon la courbe du crâne ; et,   115
laissant voir à peine le bout de l'oreille, ils allaient
se confondre par derrière en un chignon abondant,
avec un mouvement ondé vers les tempes, que le
médecin de campagne remarqua là pour la première
fois de sa vie. Ses pommettes étaient roses. Elle      120
portait, comme un homme, passé entre deux boutons de son corsage, un lorgnon d'écaille.

Quand Charles, après être monté dire adieu au
père Rouault, rentra dans la salle avant de partir, il
la trouva debout, le front contre la fenêtre, et qui   125
regardait dans le jardin, où les échalas des haricots
avaient été renversés par le vent. Elle se retourna.

— Cherchez-vous quelque chose ? demanda-t-elle.

— Ma cravache, s'il vous plaît, répondit-il.

Et il se mit à fureter sur le lit, derrière les portes, 130
sous les chaises ; elle était tombée à terre, entre les
sacs et la muraille. Mlle Emma l'aperçut ; elle se
pencha sur les sacs de blé. Charles, par galanterie,
se précipita, et, comme il allongeait aussi son bras
dans le même mouvement, il sentit sa poitrine 135
effleurer le dos de la jeune fille, courbée sous lui.
Elle se redressa toute rouge et le regarda par-dessus
l'épaule, en lui tendant son nerf de bœuf.

Au lieu de revenir au Bertaux trois jours après,
comme il l'avait promis, c'est le lendemain même 140
qu'il y retourna, puis deux fois la semaine régulièrement, sans compter les visites inattendues qu'il faisait de temps à autre, comme par mégarde.

*La guérison du père Rouault suit un cours normal.
Quant à Charles, la distinction et la féminité d'Emma
troublent délicieusement son cœur. Flairant le danger, sa
femme lui extorque le serment de ne plus retourner aux
Bertaux. Charles en est très malheureux.*

*Cependant, un notaire indélicat lève le pied, emportant
parmi les fonds de son étude la fortune de Mme Charles
Bovary. Celle-ci survit peu à ce désastre. « Huit jours
après, comme elle étendait du linge dans sa cour, elle fut
prise d'un crachement de sang, et le lendemain, tandis que
Charles avait le dos tourné pour fermer le rideau de la
fenêtre, elle dit « Ah ! mon Dieu ! » poussa un soupir et
s'évanouit. Elle était morte ! Quel étonnement ! » Entouré
de la sympathie des gens et soulagé d'être de nouveau son
maître, Charles surmonte assez vite la mélancolie de cette
perte. Il revient à son aise aux Bertaux, se plaît toujours
davantage aux causeries familières avec Emma, et en vient
à songer à la demander en mariage. Sa timidité lui fait
reculer de semaine en semaine sa déclaration, mais le père
Rouault a compris son intention et le met à l'aise, préci-
sant seulement qu'il fallait obtenir le consentement de sa
fille. Celui-ci donné, le mariage est fixé au printemps*

**L'heure des toasts.**
Gravure de Carlo Chessa d'après Alfred de Richemont, 1905. Bibl. Nat., Paris. Ph. Jeanbor
© Archives Photeb.

*suivant. Emma eût voulu un mariage aux flambeaux, à minuit... mais son père s'en tient à une noce traditionnelle.*

## UNE NOCE À LA CAMPAGNE

Les conviés arrivèrent de bonne heure dans des voitures, carrioles à cheval, chars à bancs à deux roues, vieux cabriolets sans capote, tapissières à rideaux de cuir, et les jeunes gens des villages les plus voisins dans des charrettes où ils se tenaient    5
debout, en rang, les mains appuyées sur les ridelles pour ne pas tomber, allant au trot et secoués dur. Il en vint de dix lieues loin, de Goderville, de Normanville et de Cany. On avait invité tous les parents des deux familles ; on s'était raccommodé avec les    10
amis brouillés ; on avait écrit à des connaissances perdues de vue depuis longtemps.
De temps à autre, on entendait des coups de fouet derrière la haie ; bientôt la barrière s'ouvrait : c'était une carriole qui entrait. Galopant jusqu'à la pre-    15
mière marche du perron, elle s'y arrêtait court, et vidait son monde, qui sortait par tous les côtés en se frottant les genoux et en s'étirant les bras. Les dames, en bonnet, avaient des robes à la façon de la ville, des chaînes de montre en or, des pèlerines à    20
bouts croisés dans la ceinture, ou de petits fichus de couleur attachés dans le dos par une épingle, et qui leur découvraient le cou par derrière. Les gamins, vêtus pareillement à leurs papas, semblaient incommodés par leurs habits neufs (beaucoup même étren-    25
nèrent ce jour-là la première paire de bottes de leur existence), et l'on voyait à côté d'eux, ne soufflant mot, dans la robe blanche de sa première communion rallongée pour la circonstance, quelque grande fillette de quatorze ou seize ans, leur cousine ou leur    30
sœur aînée sans doute, rougeaude, ahurie, les che-

veux gras de pommade à la rose, et ayant bien peur
de salir ses gants. Comme il n'y avait point assez de
valets d'écurie pour dételer toutes les voitures, les
messieurs retroussaient leurs manches et s'y met-          35
taient eux-mêmes. Suivant leur position sociale différente, ils avaient des habits, des redingotes, des
vestes, des habits-vestes ; — bons habits, entourés
de toute la considération d'une famille, et qui ne
sortaient de l'armoire que pour les solennités ; redin-    40
gotes à grandes basques flottant au vent, à collet
cylindrique, à poches larges comme des sacs ; vestes
de gros drap, qui accompagnaient ordinairement
quelque casquette cerclée de cuivre à sa visière ;
habits-vestes très courts, ayant dans le dos deux       45
boutons rapprochés comme une paire d'yeux, et dont
les pans semblaient avoir été coupés à même un seul
bloc par la hache du charpentier. Quelques-uns
encore (mais ceux-là, bien sûr, devaient dîner au bas
bout de la table) portaient des blouses de cérémonie,     50
c'est-à-dire dont le col était rabattu sur les épaules,
le dos froncé à petits plis et la taille attachée très
bas par une ceinture cousue.

Et les chemises sur les poitrines bombaient comme
des cuirasses ! Tout le monde était tondu à neuf, les     55
oreilles s'écartaient des têtes, on était rasé de près ;
quelques-uns même, qui s'étaient levés dès l'aube,
n'ayant pas vu clair à se faire la barbe, avaient des
balafres en diagonale sous le nez, ou, le long des
mâchoires, des pelures d'épiderme larges comme des       60
écus de trois francs, et qu'avait enflammées le grand
air pendant la route, ce qui marbrait un peu de
plaques roses toutes ces grosses faces blanches épa-
nouies.

La mairie se trouvant à une demi-lieue de la ferme,     65
on s'y rendit à pied, et l'on revint de même, une
fois la cérémonie faite à l'église. Le cortège d'abord
uni comme une seule écharpe de couleur, qui ondulait
dans la campagne, le long de l'étroit sentier serpen-

tant entre les blés verts, s'allongea bientôt et se
coupa en groupes différents, qui s'attardaient à causer. Le ménétrier allait en avant avec son violon
empanaché de rubans à la coquille ; les mariés
venaient ensuite, les parents, les amis tout au hasard ;
et les enfants restaient derrière, s'amusant à arracher
les clochettes des brins d'avoine, ou à se jouer entre
eux, sans qu'on les vît. La robe d'Emma, trop longue, traînait un peu par le bas ; de temps à autre,
elle s'arrêtait pour la tirer, et alors, délicatement, de
ses doigts gantés, elle enlevait les herbes rudes avec
les petits dards des chardons, pendant que Charles,
les mains vides, attendait qu'elle eût fini. Le père
Rouault, un chapeau de soie neuf sur la tête et les
parements de son habit noir lui couvrant les mains
jusqu'aux ongles, donnait le bras à Mme Bovary
mère. Quant à M. Bovary père, qui, méprisant au
fond tout ce monde-là, était venu simplement avec
une redingote à un rang de boutons d'une coupe
militaire, il débitait des galanteries d'estaminet à une
jeune paysanne blonde. Elle saluait, rougissait, ne
savait que répondre. Les autres gens de la noce
causaient de leurs affaires ou se faisaient des niches
dans le dos, s'excitant d'avance à la gaieté ; et, en
y prêtant l'oreille, on entendait toujours le crin-crin
du ménétrier qui continuait à jouer dans la campagne. Quand il s'apercevait qu'on était loin derrière
lui, il s'arrêtait à reprendre haleine, cirait longuement de colophane son archet, afin que les cordes
grinçassent mieux, et puis il se remettait à marcher,
abaissant et levant tour à tour le manche de son
violon, pour se bien marquer la mesure à lui-même.
Le bruit de l'instrument faisait partir de loin les
petits oiseaux.

C'était sous le hangar de la charretterie que la
table était dressée. Il y avait dessus quatre aloyaux,
six fricassées de poulets, du veau à la casserole, trois
gigots et, au milieu, un joli cochon de lait rôti,

flanqué de quatre andouilles à l'oseille. Aux angles,
se dressait l'eau-de-vie, dans des carafes. Le cidre
doux en bouteilles poussait sa mousse épaisse autour     110
des bouchons et tous les verres, d'avance, avaient
été remplis de vin jusqu'au bord. De grands plats
de crème jaune, qui flottaient d'eux-mêmes au moindre choc de la table, présentaient, dessinés sur leur
surface unie, les chiffres des nouveaux époux en       115
arabesques de nonpareille[1]. On avait été chercher un
pâtissier à Yvetot pour les tourtes et les nougats.
Comme il débutait dans le pays, il avait soigné les
choses ; et il apporta, lui-même, au dessert, une
pièce montée qui fit pousser des cris. A la base,      120
d'abord, c'était un carré de carton bleu figurant un
temple avec portiques, colonnades et statuettes de
stuc.tout autour, dans des niches constellées d'étoiles
en papier doré ; puis se tenait au second étage un
donjon en gâteau de Savoie, entouré de menues          125
fortifications en angélique, amandes, raisins secs,
quartiers d'oranges ; et enfin, sur la plate-forme
supérieure, qui était une prairie verte où il y avait
des rochers avec des lacs de confitures et des bateaux
en écales de noisettes, on voyait un petit Amour, se   130
balançant à une escarpolette de chocolat, dont les
deux poteaux étaient terminés par deux boutons de
rose naturelle, en guise de boules, au sommet.

Jusqu'au soir, on mangea. Quand on était trop
fatigué d'être assis, on allait se promener dans les   135
cours ou jouer une partie de bouchon dans la grange,
puis on revenait à table. Quelques-uns, vers la fin,
s'y endormirent et ronflèrent. Mais, au café, tout se
ranima ; alors on entonna des chansons, on fit des
tours de force, on portait des poids, on passait sous  140
son pouce, on essayait à soulever les charrettes sur
ses épaules, on disait des gaudrioles, on embrassait
les dames. Le soir, pour partir, les chevaux gorgés

---

1. Nom ancien d'un petit caractère d'imprimerie.

d'avoine jusqu'aux naseaux eurent du mal à entrer dans les brancards ; ils ruaient, se cabraient, les harnais se cassaient, leurs maîtres juraient ou riaient ; et toute la nuit, au clair de la lune, par les routes du pays, il y eut des carrioles emportées qui couraient au grand galop, bondissant dans les saignées, sautant par-dessus les mètres de cailloux, s'accrochant aux talus, avec des femmes qui se penchaient au dehors de la portière pour saisir les guides. 145 150

---

• **Art et réalisme**

①Structure du morceau : montrer comment Flaubert a habilement inclus ses descriptions dans un mouvement ascendant, depuis l'arrivée des invités encore un peu guindés jusqu'au vent de folie final, en passant par le déroulement placide du cortège.

②Les éléments pittoresques : de nombreux détails qui étaient d'actualité au temps de Flaubert nous paraissent de nos jours plutôt dignes de figurer dans un musée du costume ou de la locomotion. Cela mis à part, n'est-il pas évident que l'auteur ne cède pas ici à la tentation de la documentation gratuite et que les précisions matérielles servent surtout à souligner les particularités sociales et morales ?

③Les scènes de genre :
a) le cortège, dont la description lente marque une pause médiane dans la scène (l. 65-103). Cependant, ne voit-on pas s'y glisser des détails révélateurs (par ex. : « Charles, les mains vides, attendait qu'elle eût fini ») ?
b) l'excitation des fins de banquet, qui fait penser à un tableau de Jordaens ou de Téniers. Mais, connaissant l'idéalisme d'Emma et son rêve déçu d'une noce romantique, que peut-on imaginer de ses réactions intimes ?

④L'agrandissement épique. En voir plusieurs témoignages :
a) dans l'aspect des invités hommes (l. 36-64) ;
b) dans la description de la pièce montée (l. 120-133). N'a-t-elle pas quelque rapport avec celle de la casquette et ces deux objets ne sont-ils pas, comme ces bâtisses dessinées par Piranèse, aussi irréalisables l'un que l'autre ?
c) dans la chevauchée fantastique, hallucinante, qui se déroule « toute la nuit, au clair de lune », prolongeant dans le temps des incidents d'un instant (l. 147-152).

*Après la nuit de noces, tandis qu'Emma « ne laissait rien découvrir où l'on pût deviner quelque chose », Charles ne cache ni son bonheur ni sa tendresse. Le lendemain, les nouveaux époux partent pour Tostes, laissant le père Rouault dans le souvenir mélancolique de son propre mariage. En aménageant sa nouvelle maison, Emma tient à mettre une touche d'élégance. Son mari, lui, est au comble du bonheur : « à présent, il possédait pour la vie cette jolie femme qu'il adorait ». Mais celle-ci ne vibre pas à l'unisson : « Avant qu'elle se mariât, elle avait cru avoir de l'amour ; mais le bonheur qui aurait dû résulter de cet amour n'étant pas venu, il fallait qu'elle se fût trompée, songeait-elle. Et Emma cherchait à savoir ce que l'on entendait au juste par les mots de félicité, de passion et d'ivresse qui lui avaient paru si beaux dans les livres. »*

**Portrait chargé de Gustave Flaubert, par E. Giraud, vers 1866.**
Bibliothèque Nationale, Paris. Ph. © Bibl. Nat. Archives Photeb.

### UNE ÂME À LA RECHERCHE DE SOI-MÊME

Elle avait lu *Paul et Virginie* et elle avait rêvé la maisonnette de bambous, le nègre Domingo, le chien Fidèle, mais surtout l'amitié douce de quelque bon petit frère, qui va chercher pour vous des fruits rouges dans des grands arbres plus hauts que des clochers, ou qui court pieds nus sur le sable, vous apportant un nid d'oiseau.

Lorsqu'elle eut treize ans, son père l'amena lui-même à la ville, pour la mettre au couvent. Ils descendirent dans une auberge du quartier Saint-Gervais, où ils eurent à leur souper des assiettes peintes qui représentaient l'histoire de Mlle de La Vallière[1]. Les explications légendaires, coupées çà et là par l'égratignure des couteaux, glorifiaient toutes la religion, les délicatesses de cœur et les pompes de la Cour.

Loin de s'ennuyer au couvent les premiers temps, elle se plut dans la société des bonnes sœurs, qui, pour l'amuser, la conduisaient dans la chapelle, où l'on pénétrait du réfectoire par un long corridor. Elle jouait fort peu durant les récréations, comprenait bien le catéchisme, et c'est elle qui répondait toujours à M. le vicaire, dans les questions difficiles. Vivant donc sans jamais sortir de la tiède atmosphère des classes et parmi ces femmes au teint blanc portant des chapelets à croix de cuivre, elle s'assoupit doucement à la langueur mystique qui s'exhale des parfums de l'autel, de la fraîcheur des bénitiers et du rayonnement des cierges. Au lieu de suivre la messe, elle regardait dans son livre les vignettes pieuses bordées d'azur, et elle aimait la brebis malade,

5

10

15

20

25

30

---

1. L'une des maîtresses de Louis XIV. Elle quitta la cour et se fit religieuse carmélite à l'âge de trente ans.

le sacré cœur percé de flèches aiguës, ou le pauvre
Jésus qui tombe en marchant sur sa croix. Elle
essaya, par mortification, de rester tout un jour sans
manger. Elle cherchait dans sa tête quelque vœu à        35
accomplir.

Quand elle allait à confesse, elle inventait de petits
péchés, afin de rester là plus longtemps, à genoux
dans l'ombre, les mains jointes, le visage à la grille
sous le chuchotement du prêtre. Les comparaisons         40
de fiancé, d'époux, d'amant céleste et de mariage
éternel qui reviennent dans les sermons lui soule-
vaient au fond de l'âme des douceurs inattendues.

Le soir, avant la prière, on faisait dans l'étude
une lecture religieuse. C'était, pendant la semaine,      45
quelque résumé d'Histoire sainte ou les *Conférences*[1]
de l'abbé Frayssinous, et, le dimanche, des passages
du *Génie du christianisme*, par récréation. Comme
elle écouta, les premières fois, la lamentation sonore
des mélancolies romantiques se répétant à tous les       50
échos de la terre et de l'éternité ! Si son enfance se
fût écoulée dans l'arrière-boutique d'un quartier
marchand, elle se serait peut-être ouverte alors aux
envahissements lyriques de la nature, qui, d'ordinaire, ne nous arrivent que par la traduction des        55
écrivains. Mais elle connaissait trop la campagne ;
elle savait le bêlement des troupeaux, les laitages,
les charrues. Habituée aux aspects calmes, elle se
tournait au contraire vers les accidentés. Elle n'aimait la mer qu'à cause de ses tempêtes, et la verdure     60
seulement lorsqu'elle était clairsemée parmi les ruines. Il fallait qu'elle pût retirer des choses une sorte
de profit personnel ; et elle rejetait comme inutile
tout ce qui ne contribuait pas à la consommation
immédiate de son cœur — étant de tempérament             65
plus sentimentale qu'artiste, cherchant des émotions
et non des paysages.

---

1. Ouvrage apologétique composé de 1814 à 1822.

Il y avait au couvent une vieille fille qui venait tous les mois, pendant huit jours, travailler à la lingerie. Protégée par l'archevêché comme apparte-nant à une ancienne famille de gentilshommes ruinés sous la Révolution, elle mangeait au réfectoire à la table des bonnes sœurs, et faisait avec elles, après le repas, un petit bout de causette avant de remonter à son ouvrage. Souvent les pensionnaires s'échap-paient de l'étude pour l'aller voir. Elle savait par cœur des chansons galantes du siècle passé, qu'elle chantait à demi-voix, tout en poussant son aiguille. Elle contait des histoires, vous apprenait des nou-velles, faisait en ville vos commissions, et prêtait aux grandes, en cachette, quelque roman qu'elle avait toujours dans les poches de son tablier, et dont la bonne demoiselle elle-même avalait de longs chapi-tres, dans les intervalles de sa besogne. Ce n'étaient qu'amours, amants, amantes, dames persécutées s'évanouissant dans des pavillons solitaires, postil-lons qu'on tue à tous les relais, chevaux qu'on crève à toutes les pages, forêts sombres, troubles du cœur, serments, sanglots, larmes et baisers, nacelles[1] au clair de lune, rossignols dans les bosquets, *messieurs* braves comme des lions, doux comme des agneaux, vertueux comme on ne l'est pas, toujours bien mis, et qui pleurent comme des urnes[2]. Pendant six mois, à quinze ans, Emma se graissa donc les mains à cette poussière des vieux cabinets de lecture. Avec Walter Scott[3], plus tard, elle s'éprit de choses historiques, rêva bahuts, salle des gardes et ménestrels. Elle aurait voulu vivre dans quelque vieux manoir, comme ces châtelaines au long corsage qui, sous le trèfle des

70

75

80

85

90

95

---

1. Embarcations légères.
2. La peinture et la sculpture classiques aimaient symboliser sources et cours d'eau par des personnages tenant une urne inclinée d'où l'eau s'échappe.
3. Poète et romancier écossais (1771-1832). Ses romans historiques médiévaux eurent un succès universel.

ogives, passaient leurs jours, le coude sur la pierre    100
et le menton dans la main, à regarder venir du fond
de la campagne un cavalier à plume blanche qui
galope sur un cheval noir. Elle eut dans ce temps-là
le culte de Marie Stuart et des vénérations enthou-
siastes à l'endroit des femmes illustres ou infortu-    105
nées. Jeanne d'Arc, Héloïse[1], Agnès Sorel[2], la belle
Ferronnière[3] et Clémence Isaure[4], pour elle, se déta-
chaient comme des comètes sur l'immensité téné-
breuse de l'histoire, où saillissaient encore çà et là,
mais plus perdus dans l'ombre et sans aucun rapport    110
entre eux, saint Louis avec son chêne, Bayard
mourant, quelques férocités de Louis XI, un peu de
Saint-Barthélemy, le panache du Béarnais, et toujours le souvenir des assiettes peintes où Louis XIV
était vanté.    115

A la classe de musique, dans les romances qu'elle
chantait, il n'était question que de petits anges aux
ailes d'or, de madones, de lagunes, de gondoliers,
pacifiques compositions qui lui laissaient entrevoir,
à travers la niaiserie du style et les imprudences de    120
la note, l'attirante fantasmagorie des réalités senti-
mentales. Quelques-unes de ses camarades appor-
taient au couvent les keepsakes[5] qu'elles avaient reçus
en étrennes. Il les fallait cacher ; c'était une affaire ;
on les lisait au dortoir. Maniant délicatement leurs    125
belles reliures de satin, Emma fixait ses regards
éblouis sur le nom des auteurs inconnus qui avaient
signé, le plus souvent, comtes ou vicomtes, au bas
de leurs pièces.

---

1. Follement amoureuse du philosophe Abélard, Héloïse l'épousa secrètement avant d'en être dramatiquement séparée. Elle finit sa vie comme
abbesse du Paraclet (1101-1164).
2. Favorite du roi Charles VII, surnommée la *Dame de Beauté* (1422-
1450).
3. Maîtresse de François Ier.
4. Fondatrice légendaire des Jeux Floraux de Toulouse au XIVe siècle.
5. Sortes d'albums, ornés de gravures et contenant de petits poèmes,
qu'il était alors à la mode d'offrir aux jeunes filles.

Elle frémissait, en soulevant de son haleine le papier de soie des gravures, qui se levait à demi plié et retombait doucement contre la page. C'était, derrière la balustrade d'un balcon, un jeune homme en court manteau qui serrait dans ses bras une jeune fille en robe blanche, portant une aumônière à sa ceinture ; ou bien les portraits anonymes des ladies anglaises à boucles blondes qui, sous leur chapeau de paille rond, vous regardent avec leurs grands yeux clairs. On en voyait d'étalées dans des voitures, glissant au milieu des parcs, où un lévrier sautait devant l'attelage que conduisaient au trot deux petits postillons en culotte blanche. D'autres, rêvant sur des sofas près d'un billet décacheté, contemplaient la lune, par la fenêtre entrouverte, à demi drapée d'un rideau noir. Les naïves, une larme sur la joue, becquetaient une tourterelle à travers les barreaux d'une cage gothique, ou, souriant, la tête sur l'épaule, effeuillaient une marguerite de leurs doigts pointus, retroussés comme des souliers à la poulaine. Et vous y étiez aussi, sultans à longues pipes, pâmés sous des tonnelles aux bras des bayadères, djiaours[1], sabres turcs, bonnets grecs, et vous surtout, paysages blafards des contrées dithyrambiques[2], qui souvent nous montrez à la fois des palmiers, des sapins, des tigres à droite, un lion à gauche, des minarets tartares à l'horizon, au premier plan des ruines romaines, puis des chameaux accroupis ; le tout encadré d'une forêt vierge bien nettoyée, et avec un grand rayon de soleil perpendiculaire tremblotant dans l'eau, où se détachent en écorchures blanches, sur un fond d'acier gris, de loin en loin, des cygnes qui nagent.

Et l'abat-jour du quinquet, accroché dans la muraille au-dessus de la tête d'Emma, éclairait tous

---

1. Terme turc désignant les *infidèles*.
2. Emploi impropre de ce mot pour signifier *merveilleuses*.

ces tableaux du monde, qui passaient devant elle les    165
uns après les autres, dans le silence du dortoir et au
bruit lointain de quelque fiacre qui roulait encore
sur les boulevards.

Quand sa mère mourut, elle pleura beaucoup les
premiers jours. Elle se fit faire un tableau funèbre    170
avec les cheveux de la défunte, et, dans une lettre
qu'elle envoyait aux Bertaux, toute pleine de
réflexions tristes sur la vie, elle demandait qu'on
l'ensevelît plus tard dans le même tombeau. Le bonhomme la crut malade et vint la voir. Emma fut     175
intérieurement satisfaite de se sentir arrivée du premier coup à ce rare idéal des existences pâles, où ne
parviennent jamais les cœurs médiocres. Elle se laissa
donc glisser dans les méandres lamartiniens, écouta
les harpes sur les lacs, tous les chants des cygnes    180
moürants, toutes les chutes de feuilles, les vierges
pures qui montent au ciel, et la voix de l'Éternel
discourant dans les vallons. Elle s'en ennuya, n'en
voulut point convenir, continua par habitude, ensuite
par vanité, et fut enfin surprise de se sentir apaisée,    185
et sans plus de tristesse au cœur que de rides sur
son front.

Les bonnes religieuses, qui avaient si bien présumé
de sa vocation, s'aperçurent avec de grands éton-
nements que Mlle Rouault semblait échapper à leur    190
soin. Elles lui avaient, en effet, tant prodigué les
offices, les retraites, les neuvaines, les sermons, si
bien prêché le respect que l'on doit aux saints et aux
martyrs, et donné tant de bons conseils pour la
modestie du corps et le salut de son âme, qu'elle fit    195
comme les chevaux que l'on tire par la bride : elle
s'arrêta court et le mors lui sortit des dents. Cet
esprit, positif au milieu de ses enthousiasmes, qui
avait aimé l'église pour ses fleurs, la musique pour
les paroles de romances, et la littérature pour ses    200
excitations passionnelles, s'insurgeait devant les
mystères de la foi, de même qu'elle s'irritait davan-

tage contre la discipline, qui était quelque chose
d'antipathique à sa constitution. Quand son père la
retira de pension, on ne fut point fâché de la voir     205
partir. La supérieure trouvait même qu'elle était
devenue, dans les derniers temps, peu révérencieuse
envers la communauté.

Emma, rentrée chez elle, se plut d'abord au commandement des domestiques, prit ensuite la campagne en dégoût et regretta son couvent. Quand Char-     210
les vint aux Bertaux pour la première fois, elle se

---

• **L'insatisfaction d'Emma**

Les chapitres V et VI se terminent sur la même note d'étonnement désabusé de la part d'Emma. Ainsi se trouve encadré le
chapitre VI qui nous présente l'histoire des engouements successifs de l'héroïne.

① Établir la succession des différentes phases de son évolution
affective et morale, depuis la rêverie naïve devant les tableaux
touchants de *Paul et Virginie* jusqu'à son retour au réalisme
positif lors de sa sortie du couvent.

② L'auteur ne trahit-il pas parfois l'objectivité dont il s'était
fait une règle pour se livrer à un « règlement de comptes »
personnel avec le romantisme où il s'était jeté avec fougue dans
sa jeunesse ? Étudier, par exemple, la verve satirique des lignes
84-93. Comment, en particulier, Flaubert s'y prend-il pour
souligner l'invraisemblance des situations et des caractères ?

③ Après avoir fait ressortir la niaiserie des keepsakes, l'auteur
semble saisi d'une fureur sacrée et nous offre un tableau
« hénaurme » (comme il lui arrivait de dire) des clichés du
romantisme commercial (l. 132-162). Montrer l'effet produit
par les apostrophes.

④ La crise consécutive à la mort de sa mère provoque chez
Emma d'abord un paroxysme, ensuite une liquidation de ses
penchants sentimentaux. Montrer l'humour satirique des lignes
175-183 : les références ne sont-elles pas aisées à trouver ?
Apprécier aussi la densité de la description psychologique des
lignes 183-187.

⑤ La fin du chapitre VI nous ramène donc au point où nous
avait laissé le chapitre V. Justifier l'importance du retour en
arrière auquel s'est livré le romancier.

considérait comme fort désillusionnée, n'ayant plus
rien à apprendre, ne devant plus rien sentir.

Mais l'anxiété d'un état nouveau, ou peut-être    215
l'irritation causée par la présence de cet homme,
avait suffi à lui faire croire qu'elle possédait enfin
cette passion merveilleuse qui jusqu'alors s'était
tenue comme un grand oiseau au plumage rose pla-
nant dans la splendeur des ciels poétiques ; et elle    220
ne pouvait s'imaginer à présent que ce calme où elle
vivait fût le bonheur qu'elle avait rêvé.

> *L'âme romanesque d'Emma est nourrie de tous les clichés*
> *romantiques concernant la lune de miel de deux jeunes époux,*
> *mais elle n'en perçoit aucune trace chez son mari.* « La con-
> versation de Charles était plate comme un trottoir de rue, et
> les idées de tout le monde y défilaient, dans leur costume
> ordinaire, sans exciter d'émotion, de rire ou de rêverie. » *Tou-*
> *jours plein d'une admiration éperdue pour tout ce que fait*
> *Emma et sûr de la rendre heureuse, Charles ne sent pas qu'elle*
> *se délie de lui, et se réfugie de plus en plus dans la rêverie. Un*
> *événement survient alors. Le marquis d'Andervilliers, que*
> *Bovary avait soulagé d'un abcès, et qui avait eu l'occasion*
> *d'apprécier la distinction d'Emma, les invite à un bal qu'il*
> *donne en son château de La Vaubyessard.*

## LE BAL À LA VAUBYESSARD

Emma se sentit, en entrant, enveloppée par un air
chaud, mélange du parfum des fleurs et du beau
linge, du fumet des viandes et de l'odeur des truffes.
Les bougies des candélabres allongeaient des flam-
mes sur les cloches d'argent ; les cristaux à facettes,    5
couverts d'une buée mate, se renvoyaient des rayons
pâles ; des bouquets étaient en ligne sur toute la
longueur de la table, et, dans les assiettes à large
bordure, les serviettes, arrangées en manière de bon-

net d'évêque, tenaient entre le bâillement de leurs 10
deux plis chacune un petit pain de forme ovale. Les
pattes rouges des homards dépassaient les plats ; de
gros fruits dans des corbeilles à jour s'étageaient sur
la mousse ; les cailles avaient leurs plumes, des
fumées montaient ; et, en bas de soie, en culotte 15
courte, en cravate blanche, en jabot, grave comme
un juge, le maître d'hôtel, passant entre les épaules
des convives les plats tout découpés, faisait d'un
coup de sa cuiller sauter pour vous le morceau qu'on
choisissait. Sur le grand poêle de porcelaine à 20
baguettes de cuivre, une statue de femme drapée
jusqu'au menton regardait immobile la salle pleine
de monde. [...]

On versa du vin de Champagne à la glace. Emma
frissonna de toute sa peau en sentant ce froid dans 25
sa bouche. Elle n'avait jamais vu de grenades ni
mangé d'ananas. Le sucre en poudre même lui parut
plus blanc et plus fin qu'ailleurs.

Les dames, ensuite, montèrent dans leurs cham-
bres s'apprêter pour le bal. 30

Emma fit sa toilette avec la conscience méticuleuse
d'une actrice à son début. Elle disposa ses cheveux
d'après les recommandations du coiffeur, et elle entra
dans sa robe de barège[1], étalée sur le lit. Le pantalon
de Charles le serrait au ventre. 35

— Les sous-pieds vont me gêner pour danser, dit-
il.

— Danser ? reprit Emma.

— Oui !

— Mais tu as perdu la tête ! on se moquerait de 40
toi, reste à ta place. D'ailleurs, c'est plus convenable
pour un médecin, ajouta-t-elle.

Charles se tut. Il marchait de long en large, attendant qu'Emma fût habillée.

Il la voyait par derrière, dans la glace, entre deux 45

---

1. Barège : étoffe de laine légère.

flambeaux. Ses yeux noirs semblaient plus noirs. Ses
bandeaux, doucement bombés vers les oreilles, lui-
saient d'un éclat bleu ; une rose à son chignon tremblait sur une tige mobile, avec des gouttes d'eau
factices au bout de ses feuilles. Elle avait une robe          50
de safran pâle, relevée par trois bouquets de roses
pompon mêlées de verdure.

Charles vint l'embrasser sur l'épaule.

— Laisse-moi ! dit-elle, tu me chiffonnes.

On entendit une ritournelle de violon et les sons          55
d'un cor. Elle descendit l'escalier, se retenant de
courir [...].

Le cœur d'Emma lui battit un peu lorsque, son
cavalier la tenant par le bout des doigts, elle vint se
mettre en ligne et attendit le coup d'archet pour          60
partir. Mais bientôt l'émotion disparut ; et, se balançant au rythme de l'orchestre, elle glissait en avant
avec des mouvements légers du cou. Un sourire lui
montait aux lèvres à certaines délicatesses du violon,
qui jouait seul, quelquefois, quand les autres instru-          65
ments se taisaient ; on entendait le bruit clair des
louis d'or qui se versaient à côté, sur le tapis des
tables ; puis tout reprenait à la fois, le cornet à
piston lançant un éclat sonore. Les pieds retom-
baient en mesure, les jupes se bouffaient et frôlaient,          70
les mains se donnaient, se quittaient ; les mêmes
yeux, s'abaissant devant vous, revenaient se fixer
sur les vôtres.

Quelques hommes (une quinzaine) de vingt-cinq à
quarante ans, disséminés parmi les danseurs ou cau-          75
sant à l'entrée des portes, se distinguaient de la foule
par un air de famille, quelles que fussent leurs différences d'âge, de toilette ou de figure.

Leurs habits, mieux faits, semblaient d'un drap
plus souple, et leurs cheveux, ramenés en boucles          80
vers les tempes, lustrés par des pommades plus fines.
Ils avaient le teint de la richesse, ce teint blanc que
rehaussent la pâleur des porcelaines, les moires du

satin, le vernis des beaux meubles, et qu'entretient
dans sa santé un régime discret de nourritures exqui-    85
ses. Leur cou tournait à l'aise sur des cravates bas-
ses ; leurs favoris longs tombaient sur des cols rabat-
tus ; ils s'essuyaient les lèvres à des mouchoirs brodés
d'un large chiffre, d'où sortait une odeur suave.
Ceux qui començaient à vieillir avaient l'air jeune,    90
tandis que quelque chose de mûr s'étendait sur le
visage des jeunes. Dans leurs regards indifférents
flottait la quiétude de passions journellement assou-
vies ; et, à travers leurs manières douces, perçait
cette brutalité particulière que communique la domi-    95
nation de choses à demi faciles, dans lesquelles la
force s'exerce et où la vanité s'amuse, le maniement
des chevaux de race et la société des femmes perdues.

---

• **Dans le « grand monde »**
De nombreux détails matériels suggèrent, dans ce passage, l'atmosphère de luxe, de richesse, d'élégance et de bonnes manières
à laquelle Emma ne peut qu'être sensible.
D'autre part, la description de certaines physionomies (l. 74-
98) et un échantillon de conversations entendues (l. 99-111)
laissent deviner sans peine au lecteur l'impression qui s'impose
à la jeune femme d'avoir pénétré comme par effraction dans la
sphère d'une humanité différente, supérieure, inaccessible.

①(l. 79-89) Comment les précisions matérielles concourent-
elles à suggérer l'idée d'êtres d'exception ? Loin de subir l'em-
pire de la mode, ceux-ci ne la dominent-ils pas ?

②(l. 92-98) Montrer comment le romancier se mue ici en
moraliste en ramenant ces cas particuliers à une loi générale.

③(l. 101-104) Que suggère le désordre géographique des lieux
cités ? Se rappeler, d'autre part, que le voyage en Italie, acces-
sible aux seuls gens fortunés, équivalait à un brevet de culture
et de distinction.

④(l. 106-109) Montrer comment le rapprochement d'expressions (« gagné deux mille louis d'or à sauter un fossé ») peut
laisser stupéfaite une petite bourgeoise comme Emma.

⑤(l. 109-111) D'un coureur ou d'un cheval, lequel mérite
visiblement le plus d'égards au jugement de ces jeunes « lions » ?
Comment Emma peut-elle réagir à ce qu'elle vient d'entendre ?

A trois pas d'Emma, un cavalier en habit bleu
causait Italie avec une jeune femme pâle, portant    100
une parure de perles. Ils vantaient la grosseur des
piliers de Saint-Pierre, Tivoli, le Vésuve, Castella-
mare et les Cassines[1], les roses de Gênes, le Colisée
au clair de lune. Emma écoutait de son autre oreille
une conversation pleine de mots qu'elle ne compre-    105
nait pas. On entourait un tout jeune homme qui
avait battu, la semaine d'avant, *Miss Arabelle* et
*Romulus*, et gagné deux mille louis à sauter un fossé,
en Angleterre. L'un se plaignait de ses coureurs[2] qui
engraissaient ; un autre, des fautes d'impression qui    110
avaient dénaturé le nom de son cheval.

*Tandis que la soirée se prolonge, Emma vit comme dans un
rêve, rêve à peine traversé du souvenir de son enfance paysanne.
Elle est même invitée à valser par l'un des plus élégants jeunes
gens du bal, tandis que Charles, étourdi de fatigue et d'ennui,
voit avec soulagement arriver la fin de la soirée. Le lendemain,
après avoir visité les écuries sous la conduite du marquis, Emma
quitte avec Charles le château. Sur la route du retour, elle a la
vision fugitive de son cavalier galopant avec des amis, et, un
peu plus loin, Charles aperçoit sur la route et ramasse un porte-
cigares « tout bordé de soie verte et blasonné à son milieu,
comme la portière d'un carrosse ». Une fois au logis, alors que
Charles fume maladroitement un des cigares, Emma s'empare
subrepticement de l'étui en soie verte et le cache.*
*Le souvenir du bal occupe Emma pendant de longues semai-
nes. Elle rêve aussi devant l'étui à cigares, imaginant d'exquises
aventures galantes, fascinée aussi par la représentation qu'elle
se fait d'un Paris où n'existeraient que les cercles les plus
brillants de la société. Par contraste, « tout ce qui l'entourait
immédiatement, campagne ennuyeuse, petits bourgeois imbéciles, médiocrité de l'existence, lui semblait une exception dans
le monde, un hasard particulier où elle se trouvait prise, tandis
qu'au-delà s'étendait à perte de vue l'immense pays des félicités
et des passions. »*

---

1. Promenade élégante des environs de Florence.
2. Valets qui, à pied ou à cheval, précèdent la voiture du maître.

## DÉSILLUSIONS

Charles, à la neige, à la pluie, chevauchait par les chemins de traverse. Il mangeait des omelettes sur la table des fermes, entrait son bras dans des lits humides, recevait au visage le jet tiède des saignées, écoutait des râles, examinait des cuvettes, retroussait bien du linge sale ; mais il trouvait, tous les soirs, un feu flambant, la table servie, des meubles souples, et une femme en toilette fine, charmante et sentant frais, à ne savoir même d'où venait cette odeur, ou si ce n'était pas sa peau qui parfumait sa chemise.

Elle le charmait par quantité de délicatesses ; c'était tantôt une manière nouvelle de façonner pour les bougies des bobèches de papier, un volant qu'elle changeait à sa robe, ou le nom extraordinaire d'un mets bien simple et que la bonne avait manqué, mais que Charles, jusqu'au bout, avalait avec plaisir. Elle vit à Rouen des dames qui portaient à leur montre un paquet de breloques ; elle acheta des breloques. Elle voulut sur sa cheminée deux grands vases de verre bleu, et, quelque temps après, un nécessaire d'ivoire, avec un dé de vermeil. Moins Charles comprenait ces élégances, plus il en subissait la séduction. Elles ajoutaient quelque chose au plaisir de ses sens et à la douceur de son foyer. C'était comme une poussière d'or qui sablait tout du long le petit sentier de sa vie.

Il se portait bien, il avait bonne mine, sa réputation était établie tout à fait. Les campagnards le chérissaient parce qu'il n'était pas fier. Il caressait les enfants, n'entrait jamais au cabaret, et, d'ailleurs, inspirait de la confiance par sa moralité. Il réussissait particulièrement dans les catarrhes et maladies de poitrine. Craignant beaucoup de tuer

son monde, Charles, en effet, n'ordonnait guère que    35
des potions calmantes, de temps à autre de
l'émétique[1], un bain de pieds ou des sangsues. Ce
n'est pas que la chirurgie lui fît peur ; il vous saignait
les gens largement, comme des chevaux, et il avait
pour l'extraction des dents une *poigne d'enfer*.    40

Enfin, *pour se tenir au courant,* il prit un abonnement à la *Ruche médicale*, journal nouveau dont
il avait reçu le prospectus. Il en lisait un peu après
son dîner, mais la chaleur de l'appartement, jointe
à la digestion, faisait qu'au bout de cinq minutes il    45
s'endormait ; et il restait là, le menton sur ses deux
mains, et les cheveux étalés comme une crinière jusqu'au pied de la lampe. Emma le regardait en haussant les épaules. Que n'avait-elle, au moins, pour
mari un de ces hommes d'ardeurs taciturnes qui    50
travaillent la nuit dans des livres, et portent enfin,
à soixante ans, quand vient l'âge des rhumatismes,
une brochette[2] en croix, sur leur habit noir, mal fait.
Elle aurait voulu que ce nom de Bovary, qui était le
sien, fût illustre, le voir étalé chez des libraires,    55
répété dans les journaux, connu par toute la France.
Mais Charles n'avait point d'ambition ! Un médecin
d'Yvetot, avec qui dernièrement il s'était trouvé en
consultation, l'avait humilié quelque peu, au lit
même du malade, devant les parents assemblés.    60
Quand Charles lui raconta, le soir, cette anecdote,
Emma s'emporta bien haut contre le confrère. Charles en fut attendri. Il la baisa au front avec une
larme. Mais elle était exaspérée de honte ; elle avait
envie de le battre, elle alla dans le corridor ouvrir la    65
fenêtre et huma l'air frais pour se calmer.

— Quel pauvre homme ! quel pauvre homme !
disait-elle tout bas, en se mordant les lèvres.

Elle se sentait, d'ailleurs, plus irritée de lui. Il

---

1. Potion vomitive.
2. Petite broche servant à porter plusieurs *croix*, c'est-à-dire décorations.

prenait, avec l'âge, des allures épaisses ; il coupait, 70
au dessert, le bouchon des bouteilles vides ; il se
passait, après manger, la langue sur les dents ; il
faisait, en avalant sa soupe, un gloussement à chaque gorgée, et, comme il commençait d'engraisser,
ses yeux, déjà petits, semblaient remonter vers les 75
tempes par la bouffissure de ses pommettes.

Emma, quelquefois, lui rentrait dans son gilet la
bordure rouge de ses tricots, rajustait sa cravate, ou
jetait à l'écart les gants déteints qu'il se disposait à
passer ; et ce n'était pas, comme il croyait, pour 80
lui ; c'était pour elle-même, par expansion
d'égoïsme, agacement nerveux. Quelquefois aussi,
elle lui parlait des choses qu'elle avait lues, comme
d'un passage de roman, d'une pièce nouvelle ou de
l'anecdote du *grand monde* que l'on racontait dans 85
le feuilleton ; car, enfin, Charles était quelqu'un,
une oreille toujours ouverte, une approbation toujours prête. Elle faisait bien des confidences à sa
levrette ! Elle en eût fait aux bûches de la cheminée
et au balancier de la pendule. 90

Au fond de son âme, cependant, elle attendait un
événement. Comme les matelots en détresse, elle
promenait sur la solitude de sa vie des yeux désespérés, cherchant au loin quelque voile blanche dans
les brumes de l'horizon. Elle ne savait pas quel serait 95
ce hasard, le vent qui le pousserait jusqu'à elle, vers
quel rivage il la mènerait, s'il était chaloupe ou
vaisseau à trois ponts, chargé d'angoisses ou plein
de félicités jusqu'aux sabords. Mais, chaque matin,
à son réveil, elle l'espérait pour la journée, et elle 100
écoutait tous les bruits, se levait en sursaut, s'éton-
nait qu'il ne vînt pas ; puis, au coucher du soleil,
toujours plus triste, désirait être au lendemain.

*L'année s'écoule sans apporter l'invitation espérée à un nou-
veau bal au château de La Vaubyessard. « L'avenir était un
corridor tout noir, et qui avait au fond sa porte bien fermée. »
Emma abandonne piano et travaux d'agrément, laisse aller son
ménage et sombre dans la mélancolie, dont elle ne sort que
pour se singulariser par des caprices ou des opinions provocantes, au grand ébahissement de Charles. Comme sa santé se
détériore, un ancien maître de son mari conseille un changement
d'air. Charles fait alors le sacrifice d'abandonner une bonne
clientèle pour aller dans un bourg important, Yonville-l'Abbaye,
où la place du médecin était à prendre. « Quand on partit de
Tostes, au mois de mars, Madame Bovary était enceinte. » Situé
à huit lieux de Rouen, dans « une contrée bâtarde où le langage
est sans accentuation, comme le paysage sans caractère », le
bourg présente quelques particularités notables.*

## DEUXIÈME PARTIE

### LES CURIOSITÉS DE YONVILLE-L'ABBAYE

Les halles, c'est-à-dire un toit de tuiles supporté par une vingtaine de poteaux, occupent à elles seules la moitié environ de la grande place d'Yonville. La mairie, construite *sur les dessins d'un architecte de Paris*, est une manière de temple grec qui fait l'angle, à côté de la maison du pharmacien. Elle a, au rez-de-chaussée, trois colonnes ioniques et, au premier étage, une galerie à plein cintre, tandis que le tympan qui la termine est rempli par un coq gaulois, appuyé d'une patte sur la Charte[1] et tenant de l'autre les balances de la justice.

Mais ce qui attire le plus les yeux, c'est, en face de l'auberge du *Lion d'Or*, la pharmacie de M. Homais ! Le soir, principalement, quand son quinquet est allumé et que les bocaux rouges et verts qui

5

10

15

---

• **Les monuments publics et la pharmacie**

① (l. 1-11) La description des halles et de la mairie, faite dans un style neutre, paraît d'une totale objectivité. Est-elle pourtant absolument innocente ? Commenter en particulier *c'est-à-dire* (l. 1) et l'emploi de l'italique (l. 4-5), ainsi que la description du tympan (l. 9-11).

② (l. 14-19) Étudier l'agencement de la phrase et montrer l'effet recherché.

(l. 21-24) Qu'est-ce que dénote chez le pharmacien cette accumulation d'annonces de produits ?

(l. 25-31) Qu'y a-t-il d'insolite — et de révélateur — dans l'enseigne de la pharmacie ? Quelle impression M. Homais espère-t-il produire par les deux autres inscriptions de l'intérieur ?

---

1. Sorte de constitution octroyée en 1814 par Louis XVIII, modifiée et complétée au début du règne de Louis-Philippe.

embellissent sa devanture allongent au loin, sur le
sol, leurs deux clartés de couleur, alors, à travers
elles, comme dans des feux de Bengale, s'entrevoit
l'ombre du pharmacien accoudé sur son pupitre. Sa
maison, du haut en bas, est placardée d'inscriptions          20
écrites en anglaise, en ronde, en moulée : « Eaux de
Vichy, de Seltz et de Barèges, robs dépuratifs, médecine Raspail, racahout des Arabes, pastilles Darcet,
pâte Regnault, bandages, bains, chocolats de santé,
etc. » Et l'enseigne, qui tient toute la largeur de la          25
boutique, porte en lettres d'or : *Homais, pharma-*
*cien.* Puis, au fond de la boutique, derrière les grandes balances scellées sur le comptoir, le mot *labora-*
*toire* se déroule au-dessus d'une porte vitrée qui, à
moitié de sa hauteur, répète encore une fois *Homais*,          30
en lettres d'or, sur un fond noir.

Il n'y a plus ensuite rien à voir dans Yonville. La
rue (la seule), longue d'une portée de fusil et bordée
de quelques boutiques, s'arrête court au tournant de
la route.          35

*Les Bovary arrivent à Yonville une veille de marché.*
*Madame Lefrançois, patronne de l'auberge où ils doivent*
*dîner, est fort affairée. On voit apparaître autour d'elle*
*le pharmacien, le percepteur, le curé. A la nuit tombante,*
*l'Hirondelle, une diligence minable, fait son entrée et*
*débarque ses voyageurs.*

### LE DINER A L'AUBERGE

Emma descendit la première, puis Félicité[1],
M. Lheureux[2], une nourrice, et l'on fut obligé de
réveiller Charles dans son coin, où il s'était endormi
complètement, dès que la nuit était venue.

Homais se présenta ; il offrit ses hommages à          5

---

1. Bonne des Bovary.
2. Marchand d'étoffes et, on l'apprendra plus tard, usurier.

Madame, ses civilités à Monsieur, dit qu'il était charmé d'avoir pu leur rendre quelque service, et ajouta d'un air cordial qu'il avait osé s'inviter lui-même, sa femme, d'ailleurs, étant absente.

Mme Bovary, quand elle fut dans la cuisine, s'approcha de la cheminée. Du bout de ses deux doigts elle prit sa robe à la hauteur du genou, et, l'ayant ainsi remontée jusqu'aux chevilles, elle tendit à la flamme, par-dessus le gigot qui tournait, son pied chaussé d'une bottine noire. Le feu l'éclairait en entier, pénétrant d'une lumière crue la trame de sa robe, les pores égaux de sa peau blanche et même les paupières de ses yeux qu'elle clignait de temps à autre. Une grande couleur rouge passait sur elle, selon le souffle du vent qui venait par la porte entr'ouverte.

De l'autre côté de la cheminée, un jeune homme à chevelure blonde la regardait silencieusement.

Comme il s'ennuyait beaucoup à Yonville, où il était clerc chez maître Guillaumin, souvent M. Léon Dupuis (c'était lui, le second habitué du *Lion d'or*) reculait l'instant de son repas, espérant qu'il viendrait quelque voyageur à l'auberge avec qui causer dans la soirée. Les jours que sa besogne était finie, il lui fallait bien, faute de savoir que faire, arriver à l'heure exacte, et subir depuis la soupe jusqu'au fromage le tête-à-tête de Binet[3]. Ce fut donc avec joie qu'il accepta la proposition de l'hôtesse de dîner en la compagnie des nouveaux venus, et l'on passa dans la grande salle où Mme Lefrançois, par pompe, avait fait dresser les quatre couverts.

Homais demanda la permission de garder son bonnet grec, de peur des coryzas.

Puis, se tournant vers sa voisine :    — Madame, sans doute, est un peu lasse ? On est si épouvantablement cahoté dans notre *Hirondelle* !

---

3. Ancien soldat de Napoléon Ier devenu percepteur.

— Il est vrai, répondit Emma ; mais le dérange-
ment m'amuse toujours ; j'aime à changer de place.

— C'est une chose si maussade, soupira le clerc,
que de vivre cloué aux mêmes endroits !                    45

— Si vous étiez comme moi, dit Charles, sans
cesse obligé d'être à cheval... — Mais, reprit Léon,
s'adressant à Mme Bovary, rien n'est plus agréable,
il me semble ; quand on le peut, ajouta-t-il.

— Du reste, disait l'apothicaire, l'exercice de la    50
médecine n'est pas fort pénible en nos contrées ; car
l'état de nos routes permet l'usage du cabriolet, et,
généralement, l'on paye assez bien, les cultivateurs
étant aisés. Nous avons, sous le rapport médical, à
part les cas ordinaires d'entérite, bronchite, affec-    55
tions bilieuses, etc., de temps à autre quelques fiè-
vres intermittentes à la moisson ; mais, en somme,
peu de choses graves, rien de spécial à noter, si ce
n'est beaucoup d'humeurs froides, et qui tiennent
sans doute aux déplorables conditions hygiéniques    60
de nos logements de paysans. Ah ! vous trouverez
bien des préjugés à combattre, monsieur Bovary ;
bien des entêtements de routine, où se heurteront
quotidiennement tous les efforts de votre science ;
car on a recours encore aux neuvaines, aux reliques,    65
au curé, plutôt que de venir naturellement chez le
médecin ou chez le pharmacien. Le climat, pourtant,
n'est point, à vrai dire, mauvais, et même nous
comptons dans la commune quelques nonagénaires.
Le thermomètre (j'en ai fait les observations) des-    70
cend en hiver jusqu'à quatre degrés et, dans la forte
saison, touche vingt-cinq, trente centigrades tout au
plus, ce qui nous donne vingt-quatre Réaumur au
maximum, ou autrement cinquante-quatre Fahrenheit[1] (mesure anglaise), pas davantage ! — et, en    75
effet, nous sommes abrités des vents du nord par la

---

1. La science du pharmacien n'est pas infaillible : si 24° Réaumur
équivalent bien à 30° centigrades, 54° Fahrenheit n'en font que 12.

forêt d'Argueil d'une part ; des vents d'ouest par la
côte Saint-Jean de l'autre ; et cette chaleur, cependant, qui à cause de la vapeur d'eau dégagée par la
rivière et la présence considérable de bestiaux dans          80
les prairies, lesquels exhalent, comme vous savez,
beaucoup d'ammoniaque, c'est-à-dire azote, hydrogène et oxygène (non, azote et hydrogène seulement), et qui, pompant à elle l'humus de la terre,
confondant toutes ces émanations différentes, les          85
réunissant en un faisceau, pour ainsi dire, et se
combinant de soi-même avec l'électricité répandue
dans l'atmosphère, lorsqu'il y en a, pourrait à la
longue, comme dans les pays tropicaux, engendrer
des miasmes insalubres ; — cette chaleur, dis-je, se          90
trouve justement tempérée du côté d'où elle vient,
ou plutôt d'où elle viendrait, c'est-à-dire du côté
sud, par les vents de sud-est, lesquels, s'étant rafraî-
chis d'eux-mêmes en passant sur la Seine, nous
arrivent quelquefois tout d'un coup, comme des bri-          95
ses de Russie !

---

• **La tirade de M. Homais (l. 50-96)**
I. Dans la première partie (l. 50-67) où le pharmacien, toujours
empressé, fait à l'officier de santé un rapport destiné à l'éclairer
sur les particularités du canton, chercher comment se révèlent
son esprit pratique, sa suffisance, son culte de la science et son
anticléricalisme. Comment expliquer, d'autre part, qu'aucun de
ses auditeurs ne se hasarde à l'interrompre ?

II. (l. 67-96) Homais passe ici à la description du climat en
observant la démarche scientifique élémentaire : d'abord l'établissement des faits, puis la recherche des causes. Mais, sous la
plume de Flaubert, cette prétendue monographie devient une
charge impitoyable contre la sottise des pseudo-savants.

①Montrer ce qui, dans le style même, est contraire au discours
scientifique et trahit l'esprit présomptueux de l'apothicaire.

②Quel effet produit l'accumulation hétéroclite de ces explications saugrenues ? Que signifie le point d'exclamation final ?

③Malgré sa vanité, Homais se serait-il mis en avant de telle
façon s'il n'avait déjà jaugé le caractère de Charles ?

---

— Avez-vous du moins quelques promenades dans les environs ? continuait Mme Bovary, parlant au jeune homme.

— Oh ! fort peu, répondit-il. Il y a un endroit que l'on nomme la Pâture, sur le haut de la côte, à la lisière de la forêt. Quelquefois, le dimanche, je vais là, et j'y reste avec un livre, à regarder le soleil couchant.

— Je ne trouve rien d'admirable comme les soleils couchants, reprit-elle, mais au bord de la mer, surtout.

— Oh ! j'adore la mer, dit M. Léon.

— Et puis, ne vous semble-t-il pas, répliqua Mme Bovary, que l'esprit vogue plus librement sur cette étendue sans limites, dont la contemplation vous élève l'âme et donne des idées d'infini, d'idéal ?

— Il en est de même des paysages de montagnes, reprit Léon. J'ai un cousin qui a voyagé en Suisse l'année dernière, et qui me disait qu'on ne peut se figurer la poésie des lacs, le charme des cascades, l'effet gigantesque des glaciers. On voit des pins d'une grandeur incroyable, en travers des torrents, des cabanes suspendues sur des précipices, et, à mille pieds sous vous, des vallées entières quand les nuages s'entrouvrent. Ces spectacles doivent enthousiasmer, disposer à la prière, à l'extase ! Aussi je ne m'étonne plus de ce musicien célèbre qui, pour exciter mieux son imagination, avait coutume d'aller jouer du piano devant quelque site imposant.

— Vous faites de la musique ? demanda-t-elle.

— Non, mais je l'aime beaucoup, répondit-il.

— Ah ! ne l'écoutez pas, madame Bovary, interrompit Homais en se penchant sur son assiette, c'est modestie pure. — Comment, mon cher ! Eh ! l'autre jour, dans votre chambre, vous chantiez l'*Ange gardien* à ravir. Je vous entendais du laboratoire ; vous détachiez cela comme un acteur.

Léon, en effet, logeait chez le pharmacien, où il

avait une petite pièce au second étage, sur la place. 135
Il rougit à ce compliment de son propriétaire, qui
déjà s'était tourné vers le médecin et lui énumérait
les uns après les autres les principaux habitants
d'Yonville. Il racontait des anecdotes, donnait des
renseignements. On ne savait pas au juste la fortune 140
du notaire, et *il y avait la maison Tuvache* qui faisait
beaucoup d'embarras.

Emma reprit :

— Et quelle musique préférez-vous ?

— Oh ! la musique allemande, celle qui porte à 145
rêver.

— Connaissez-vous les Italiens ?

— Pas encore ; mais je les verrai l'année prochaine, quand j'irai habiter Paris, pour finir mon
droit. 150

*Homais vante alors la future maison des Bovary, très
propice, dit-il, au jardinage.*

— Ma femme ne s'en occupe guère, dit Charles ;
elle aime mieux, quoiqu'on lui recommande l'exer- 155
cice, toujours rester dans sa chambre, à lire.

— C'est comme moi, répliqua Léon ; quelle meilleure chose, en effet, que d'être le soir au coin du
feu avec un livre, pendant que le vent bat les carreaux, que la lampe brûle ?... 160

— N'est-ce pas ? dit-elle, en fixant sur lui ses
grands yeux noirs tout ouverts.

— On ne songe à rien, continuait-il, les heures
passent. On se promène immobile dans des pays que
l'on croit voir, et votre pensée, s'enlaçant à la fic- 165
tion, se joue dans les détails ou poursuit le contour
des aventures. Elle se mêle aux personnages ; il semble que c'est vous qui palpitez sous leurs costumes.

— C'est vrai ! c'est vrai ! disait-elle.

— Vous est-il arrivé parfois, reprit Léon, de ren- 170
contrer dans un livre une idée vague que l'on a eue,
quelque image obscurcie qui revient de loin, et

comme l'exposition entière de votre sentiment le plus
délié ?

— J'ai éprouvé cela, répondit-elle.                     175

— C'est pourquoi, dit-il, j'aime surtout les poè-
tes. Je trouve les vers plus tendres que la prose, et
qu'ils font bien mieux pleurer.

— Cependant ils fatiguent à la longue, reprit
Emma ; et maintenant, au contraire, j'adore les his-   180
toires qui se suivent tout d'une haleine, où l'on a
peur. Je déteste les héros communs et les sentiments
tempérés, comme il y en a dans la nature.

— En effet, observa le clerc, ces ouvrages ne
touchant pas le cœur, s'écartent, il me semble, du    185
vrai but de l'Art. Il est si doux, parmi les désen-
chantements de la vie, de pouvoir se reporter en idée
sur de nobles caractères, des affections pures et des
tableaux de bonheur. Quant à moi, vivant ici, loin
du monde, c'est ma seule distraction ; mais Yonville  190
offre si peu de ressources !

— Comme Tostes, sans doute, reprit Emma ; aussi
j'étais toujours abonnée à un cabinet de lecture.

— Si Madame veut me fait l'honneur d'en user,
dit le pharmacien, qui venait d'entendre ces derniers  195

---

• **La conversation de Léon et d'Emma**
L'auteur tourne maintenant notre attention vers les confidences
qu'échangent le jeune clerc et Madame Bovary. On passe avec
eux dans un monde entièrement différent. Mais leurs goûts et
leurs enthousiasmes ont-ils beaucoup plus d'authenticité que la
passion de la science chez M. Homais ?

①Dégager les thèmes successifs abordés par les deux jeunes
gens dans leur conversation et noter ceux qui viennent tout
droit de la mode romantique.

②Donner quelques exemples d'expressions naïves et de sentiments convenus. Étudier particulièrement à cet égard la déclaration de Léon (l. 184-191).

③Ces deux âmes semblent palpiter à l'unisson. Celle de Léon
ne se révèle-t-elle pas cependant plus mièvre, et celle d'Emma
plus passionnée ?

mots, j'ai moi-même à sa disposition une bibliothèque composée des meilleurs auteurs : Voltaire, Rousseau, Delille, Walter Scott, l'*Écho des feuilletons,*
etc., et je reçois, de plus, différentes feuilles pério-
diques, parmi lesquelles le *Fanal de Rouen*, quoti-  200
diennement, ayant l'avantage d'en être le correspon-
dant pour les circonscriptions de Buchy, Forges,
Neufchâtel, Yonville et les alentours.

Depuis deux heures et demie, on était à table ;
car la servante Artémise, traînant nonchalamment  205
sur les carreaux ses savates de lisière, apportait les
assiettes les unes après les autres, oubliait tout, n'entendait à rien et sans cesse laissait entre-bâillée la
porte du billard, qui battait contre le mur du bout
de sa clenche.  210

Sans qu'il s'en aperçût, tout en causant, Léon
avait posé son pied sur un des barreaux de la chaise
où Mme Bovary était assise. Elle portait une petite
cravate de soie bleue, qui tenait droit comme une
fraise un col de batiste tuyauté ; et, selon les mou-  215
vements de tête qu'elle faisait, le bas de son visage
s'enfonçait dans le linge ou en sortait avec douceur.
C'est ainsi, l'un près de l'autre, pendant que Charles
et le pharmacien devisaient, qu'ils entrèrent dans
une de ces vagues conversations où le hasard des  220
phrases vous ramène toujours au centre fixe d'une
sympathie commune. Spectacles de Paris, titres de
romans, quadrilles nouveaux, et le monde qu'ils ne
connaissaient pas, Tostes, où elle avait vécu, Yonville
où ils étaient, ils examinèrent tout, parlèrent de tout,  225
jusqu'à la fin du dîner.

*C'est à la nuit qu'Emma entre dans sa nouvelle maison,*
*au milieu du désordre du déménagement. Son moral,*
*pourtant, n'est pas trop bas : « Elle ne croyait pas que*
*les choses pussent se représenter les mêmes à des places*
*différentes, et, puisque la portion vécue avait été mau-*
*vaise, sans doute ce qui restait à consommer serait meil-*
*leur. » Léon, le clerc de notaire, demeure impressionné*

*par la conversation qu'il a entretenue avec une vraie* dame,
*rompant pour cela avec une timidité foncière qui, jointe
à un semblant de culture, le faisait apprécier des notabilités du bourg. Quant au pharmacien, il s'empresse auprès
des Bovary et ne sait que faire pour leur rendre service.
C'est que, ayant l'habitude de donner illégalement des
consultations dans son arrière-boutique, il veut s'assurer
la bienveillance de l'officier de santé. Celui-ci ne manque
pas de soucis. La clientèle est longue à venir et la dot est
déjà épuisée par les frais de deux installations successives,
auxquels s'ajoutent les dépenses faites par Emma. Mais
la pensée d'être bientôt père le transporte, et il en chérit
sa femme encore davantage. Celle-ci voulait avoir un garçon : « ... cette idée d'avoir pour enfant un mâle était
comme la revanche en espoir de toutes ses impuissances
passées. » Ce fut une fille. Après avoir pensé à l'appeler
Atala ou Galsuinde, ou bien encore Yseult ou Léocadie,
elle consent à se rabattre sur le prénom de Berthe, lié dans
sa mémoire à un souvenir de La Vaubyessard. M. Homais
fut parrain et l'on assista inévitablement à quelques passes
d'armes entre le curé et lui pendant le grand dîner. Les
parents de Charles restèrent un mois à Yonville, M. Bovary
père éblouissant les gens par ses allures martiales et faisant
rêver Emma par le récit de ses voyages à travers l'Europe
et de ses bonnes fortunes.*

### PREMIERS TROUBLES DU COEUR

Un jour, Emma fut prise tout à coup du besoin
de voir sa petite fille, qui avait été mise en nourrice
chez la femme du menuisier ; et, sans regarder à
l'almanach si les six semaines de la Vierge duraient
encore[1], elle s'achemina vers la demeure de Rolet,    5
qui se trouvait à l'extrémité du village, au bas de la
côte, entre la grande route et les prairies.

Il était midi : les maisons avaient leurs volets fer-

---

1. Coutume ancienne selon laquelle une accouchée devait attendre, pour
sortir en public, que six semaines se fussent écoulées depuis la naissance
de son enfant, c'est-à-dire l'intervalle séparant Noël, fête de la Nativité,
de la commémoration de la Purification de Marie (2 février).

més, et les toits d'ardoises, qui reluisaient sous la
lumière âpre du ciel bleu, semblaient à la crête de      10
leurs pignons faire pétiller des étincelles. Un vent
lourd soufflait. Emma se sentait faible en marchant ; les cailloux du trottoir la blessaient ; elle
hésita si elle ne s'en retournerait pas chez elle ou
entrerait quelque part pour s'asseoir.                   15

A ce moment, M. Léon sortit d'une porte voisine,
avec une liasse de papiers sous son bras. Il vint la
saluer et se mit à l'ombre devant la boutique de
Lheureux, sous la tente grise qui avançait.

Mme Bovary dit qu'elle allait voir son enfant,      20
mais qu'elle commençait à être lasse.

— Si..., reprit Léon, n'osant poursuivre.

— Avez-vous affaire quelque part ? demanda-t-
elle.

Et, sur la réponse du clerc, elle le pria de l'accom-    25
pagner. Dès le soir, cela fut connu dans Yonville, et
Mme Tuvache, la femme du maire, déclara devant
sa servante que *Mme Bovary se compromettait.*

Pour arriver chez la nourrice, il fallait, après la
rue, tourner à gauche, comme pour gagner le cime-    30
tière, et suivre, entre des maisonnettes et des cours,
un petit sentier que bordaient des troènes. Ils étaient
en fleur et les véroniques aussi, les églantiers, les
orties et les ronces légères qui s'élançaient des buissons. Par le trou des haies, on apercevait, dans les    35
*masures*, quelque pourceau sur un fumier, ou des
vaches embricolées[1], frottant leurs cornes contre le
tronc des arbres. Tous les deux, côte à côte, ils
marchaient doucement, elle s'appuyant sur lui, et lui
retenant son pas qu'il mesurait sur les siens ; devant    40
eux, un essaim de mouches voltigeait, en bourdon-
nant dans l'air chaud.

Ils reconnurent la maison à un vieux noyer qui
l'ombrageait. Basse et couverte de tuiles brunes, elle

---

1. Régionalisme : la *bricole* était une courroie de poitrail.

avait en dehors, sous la lucarne de son grenier, un    45
chapelet d'oignons suspendu. Des bourrées[1], debout
contre la clôture d'épines, entouraient un carré de
laitues, quelques pieds de lavande et des pois à fleurs
montés sur des rames. De l'eau sale coulait en
s'éparpillant sur l'herbe, et il y avait tout autour    50
plusieurs guenilles indistinctes, des bas de tricot, une
camisole d'indienne rouge et un grand drap de toile
épaisse étalé en long sur la haie. Au bruit de la
barrière, la nourrice parut, tenant sur son bras un
enfant qui tétait. Elle tirait de l'autre main un pau-    55
vre marmot chétif, couvert de scrofules au visage,
le fils d'un bonnetier de Rouen, que ses parents,
trop occupés de leur négoce, laissaient à la campagne.

— Entrez, dit-elle ; votre petite est là qui dort.    60

La chambre, au rez-de-chaussée, la seule du logis,
avait au fond, contre la muraille, un large lit sans
rideaux, tandis que le pétrin occupait le côté de la
fenêtre, dont une vitre était raccommodée avec un
soleil de papier bleu. Dans l'angle, derrière la porte,    65
les brodequins à clous luisants étaient rangés sous la
dalle du lavoir, près d'une bouteille pleine d'huile
qui portait une plume à son goulot ; un *Mathieu
Laensberg*[2] traînait sur la cheminée poudreuse, parmi
des pierres à fusil, des bouts de chandelle et des    70
morceaux d'amadou. Enfin, la dernière superfluité
de cet appartement était une Renommée soufflant
dans des trompettes, image découpée sans doute à
même quelque prospectus de parfumerie et que six
pointes à sabot clouaient au mur.    75

L'enfant d'Emma dormait à terre, dans un berceau d'osier. Elle la prit avec la couverture qui l'en-
veloppait, et se mit à chanter doucement en se dan-
dinant.

Léon se promenait dans la chambre ; il lui sem-    80

1. Fagots de menues branches.
2. Nom d'un almanach populaire.

blait étrange de voir cette belle dame en robe de
nankin tout au milieu de cette misère. Mme Bovary
devint rouge ; il se détourna, croyant que ses yeux
peut-être avaient eu quelque impertinence Puis elle
recoucha la petite qui venait de vomir sur sa col-      85
lerette. La nourrice aussitôt vint l'essuyer, protestant
qu'il n'y paraîtrait pas.

*Quémandant d'une voix plaintive qui dissimule mal son
âpreté au gain, la nourrice arrache à Emma, pressée de
repartir, la promesse de dons en nature (savon, café, eau-
de-vie…).*

Débarrassée de la nourrice, Emma reprit le bras
de M. Léon. Elle marcha rapidement pendant quel-
que temps ; puis elle se ralentit, et son regard, qu'elle      90
promenait devant elle, rencontra l'épaule du jeune
homme, dont la redingote avait un collet de velours
noir. Ses cheveux châtains tombaient dessus, plats
et bien peignés. Elle remarqua ses ongles, qui étaient
plus longs qu'on ne les portait à Yonville. C'était      95
une des grandes occupations du clerc que de les
entretenir ; et il gardait, à cet usage, un canif tout
particulier dans son écritoire.
Ils s'en revinrent à Yonville en suivant le bord de
l'eau. Dans la saison chaude, la berge plus élargie      100
découvrait jusqu'à leur base les murs des jardins,
qui avaient un escalier de quelques marches descendant à la rivière. Elle coulait sans bruit, rapide et
froide à l'œil ; de grandes herbes minces s'y cour-
baient ensemble, selon le courant qui les poussait,      105
et comme des chevelures vertes abandonnées
s'étalaient dans sa limpidité. Quelquefois, à la pointe
des joncs ou sur la feuille des nénuphars, un insecte
à pattes fines marchait ou se posait. Le soleil traversait d'un rayon les petits globules bleus des ondes      110
qui se succédaient en se crevant ; les vieux saules
ébranchés miraient dans l'eau leur écorce grise ; au-

**Composition symbolisant le lien étroit qui unit l'artiste et la création de son génie.**

Gravure d'après un dessin d'A. de Richemont, 1905. Bibliothèque Nationale, Paris. Ph. Jeanbor
© Archives Photeb.

delà, tout alentour, la prairie semblait vide. C'était l'heure du dîner dans les fermes, et la jeune femme et son compagnon n'entendaient en marchant que la cadence de leurs pas sur la terre du sentier, les paroles qu'ils se disaient, et le frôlement de la robe d'Emma qui bruissait tout autour d'elle.

Les murs des jardins, garnis à leur chaperon de morceaux de bouteilles, étaient chauds comme le vitrage d'une serre. Dans les briques, des ravenelles avaient poussé, et, du bord de son ombrelle déployée, Mme Bovary, tout en passant, faisait s'égrener en poussière jaune un peu de leurs fleurs flétries ; ou bien quelque branche des chèvrefeuilles et des clématites qui pendaient au dehors traînait un moment sur la soie, en s'accrochant aux effilés[1].

Ils causaient d'une troupe de danseurs espagnols, que l'on attendait bientôt sur le théâtre de Rouen.

— Vous irez ? demanda-t-elle.

— Si je le peux, répondit-il.

N'avaient-ils rien autre chose[2] à se dire ? Leurs yeux pourtant étaient pleins d'une causerie plus sérieuse ; et, tandis qu'ils s'efforçaient à trouver des phrases banales, ils sentaient une même langueur les envahir tous les deux ; c'était comme un murmure de l'âme, profond, continu, qui dominait celui des voix. Surpris d'étonnement à cette suavité nouvelle, ils ne songeaient pas à s'en raconter la sensation ou à en découvrir la cause. Les bonheurs futurs, comme les rivages des tropiques, projettent sur l'immensité qui les précède leurs mollesses natales, une brise parfumée, et l'on s'assoupit dans cet enivrement, sans même s'inquiéter de l'horizon que l'on n'aperçoit pas.

La terre, à un endroit, se trouvait effondrée par

---

1. Franges de l'ombrelle.
2. Locution incorrecte au lieu de *rien d'autre* ou encore *pas autre chose à se dire.*

- **Un coup de pouce du destin**
La lassitude d'Emma allait peut-être la faire renoncer à aller voir sa fille quand le hasard met Léon sur ses pas. En prenant l'initiative de lui demander de l'accompagner, Emma pouvait-elle ne pas deviner les cancans qui s'ensuivraient ?

①Cette première promenade seul à seul, faite d'un pas recueilli, aurait pu être pour l'auteur l'occasion d'une description idéalisée dans le goût romantique. Quelle est, en fait, l'impression que veut donner Flaubert ?

②(l. 43-75) Tous les détails de la description de l'extérieur puis de l'intérieur de la maison peuvent-ils avoir été observés par Léon ou Emma ? Quelle intention a guidé Flaubert dans le choix des aspects ou des objets décrits ?
La gêne mutuelle de Léon et d'Emma sera-t-elle fugitive ou bien jouera-t-elle un rôle secret dans la suite de la scène ?

- **La promenade sentimentale**

①Quelle différence d'atmosphère trouve-t-on entre les descriptions qui précèdent la visite (l. 29-42) et celles qui la suivent (l. 100-127) ? Quelle explication psychologique peut-on donner de cette différence ?

②(l. 29-87) Apprécier la variété de la description et les contrastes de toute nature ménagés par l'auteur. Quelle note particulière apportent les termes employés pour la rivière (l. 103-112) ?

③Ne trouve-t-on pas dans les l. 112-118 un vague écho de la quatrième strophe du poème de Lamartine *Le Lac* ? Montrer cependant les différences considérables qu'il y a entre l'évocation faite par le poète romantique et le passage présent.

④(l. 119-127) Pourquoi Flaubert consacre-t-il un paragraphe à des notations insignifiantes en elles-mêmes ? Est-ce pour la délicatesse et la grâce de la description ? Est-ce une manière de suggérer que le temps, pour les jeunes gens, semble couler plus lentement et se prêter ainsi aux longues confidences ?

⑤(l. 128-145) Comparer la fin du passage (l. 138-145) aux lignes précédentes : où trouve-t-on les expressions les plus délicatement suggestives ?

⑥(l. 148-152) L'artiste, comme un peintre amoureux de son modèle, suspend le temps pour figer la jeune femme dans une pose gracieuse en lui prêtant un charme presque enfantin. Mais n'est-ce pas aussi une manière de suggérer un manège de coquetterie de la part d'Emma ?

⑦(l. 153-155) Après la pose immobile, la fuite. Pourquoi Emma rentre-t-elle si brusquement chez elle ?

le pas des bestiaux ; il fallut marcher sur de grosses pierres vertes, espacées dans la boue. Souvent, elle s'arrêtait une minute à regarder où poser sa bottine, — et, chancelant sur le caillou qui tremblait, les coudes en l'air, la taille penchée, l'œil indécis, elle riait alors, de peur de tomber dans les flaques d'eau.

Quand ils furent arrivés devant son jardin, Mme Bovary poussa la petite barrière, monta les marches en courant et disparut.

Léon rentra à son étude. Le patron était absent ; il jeta un coup d'œil sur les dossiers, puis se tailla une plume, prit enfin son chapeau et s'en alla.

Il alla sur la Pâture, au haut de la côte d'Argueil, à l'entrée de la forêt ; il se coucha par terre sous les sapins et regarda le ciel à travers ses doigts.

— Comme je m'ennuie ! se disait-il, comme je m'ennuie !

*L'hiver arrive. Emma passe ses journées dans la salle du bas, où l'on entretient du feu. Sa seule vraie distraction est d'apercevoir Léon sur son trajet de l'étude au* Lion d'or. *Le soir venu, Homais arrive régulièrement au moment du dîner, plein des nouvelles données par le journal. Il trouve toujours aussi l'occasion de placer des conseils pratiques. Le dimanche, les Homais reçoivent, mais « il ne venait pas grand monde à ces soirées du pharmacien, sa médisance et ses opinions politiques ayant écarté de lui successivement différentes personnes respectables ». Léon, lui, ne manque pas de s'y rendre, car il peut alors approcher Emma et, une fois que Charles et Homais ont commencé à sommeiller devant le feu, lire et causer à voix basse avec elle. « Ainsi s'établit entre eux une sorte d'association, un commerce continuel de livres et de romances. » Des cadeaux s'échangent aussi et font jaser les gens. Mais, malgré ses résolutions, le timide Léon n'ose pas déclarer sa flamme, et Emma, de son côté, ne s'est pas encore rendu compte de ses propres sentiments. L'occasion d'y voir clair se présente bientôt, à la faveur d'une excursion faite avec les Homais et Léon. « Charles était*

**La visite de l'abbé Bournisien.**
Gravure de D. Mordant d'après Albert Fourié, 1885.
Bibliothèque Nationale, Paris. Ph. © Bibl. Nat. Archives Photeb.

*là. Il avait sa casquette enfoncée sur les sourcils, et ses
deux grosses lèvres tremblotaient, ce qui ajoutait à son
visage quelque chose de stupide ; son dos même, son dos
tranquille était irritant à voir, et elle y trouvait, étalée sur
la redingote, toute la platitude du personnage. »* Léon,
par contraste, semble à Emma l'incarnation du héros
romantique, et, revenue chez elle, renonçant à accompagner Charles à la soirée des Homais, elle a la révélation
brusque que c'est elle qu'aime Léon. Le lendemain soir,
elle reçoit la visite du sieur Lheureux, le marchand de
nouveautés. Personnage cauteleux, alternativement obsé-
quieux et hardi, il déploie une habileté diabolique pour
engager ceux qui ont la faiblesse de l'écouter dans des
dépenses insensiblement grossies dont ils ne peuvent bientôt plus s'acquitter. Ils sont alors forcés de signer des
billets à ordre qui les mettent à la merci du personnage.
Ce jour-là, il a beau étaler ses plus belles marchandises
devant Emma, celle-ci ne se décide pas, mais Lheureux a
senti que l'envie ne lui avait pas manqué et il se promet
de revenir à la charge.*

### PRÉMICES D'UNE CRISE

Elle entendit des pas dans l'escalier ; c'était Léon.
Elle se leva, et prit sur la commode, parmi des
torchons à ourler, le premier de la pile. Elle semblait
fort occupée quand il parut.

La conversation fut languissante, Mme Bovary          5
l'abandonnant à chaque minute, tandis qu'il
demeurait lui-même comme tout embarrassé. Assis
sur une chaise basse, près de la cheminée, il faisait
tourner dans ses doigts l'étui d'ivoire ; elle poussait
son aiguille, ou, de temps à autre, avec son ongle,      10
fronçait les plis de la toile. Elle ne parlait pas ; il se
taisait, captivé par son silence, comme il l'eût été
par ses paroles.

— Pauvre garçon ! pensait-elle.

— En quoi lui déplais-je ? se demandait-il.          15

Léon, cependant, finit par dire qu'il devait, un de

ces jours, aller à Rouen, pour une affaire de son
étude.

— Votre abonnement de musique est terminé,
dois-je le reprendre ?                                      20

— Non, répondit-elle.

— Pourquoi ?

— Parce que...

Et, pinçant ses lèvres, elle tira lentement une longue aiguillée de fil gris.                                  25

Cet ouvrage irritait Léon. Les doigts d'Emma
semblaient s'y écorcher par le bout ; il lui vint en
tête une phrase galante, mais qu'il ne risqua pas.

— Vous l'abandonnez donc ? reprit-il.

— Quoi ? dit-elle vivement, la musique ? Ah ?        30
mon Dieu, oui ! N'ai-je pas ma maison à tenir, bien
des devoirs qui passent auparavant ?

Elle regarda la pendule. Charles était en retard.
Alors elle fit la soucieuse. Deux ou trois fois elle
répéta :                                                    35

— Il est si bon !

Le clerc affectionnait M. Bovary. Mais cette tendresse à son endroit l'étonna d'une façon désagréable ; néanmoins il continua son éloge, qu'il
entendait faire à chacun, disait-il, et surtout au phar-   40
macien.

— Ah ! c'est un brave homme, reprit Emma.

— Certes, reprit le clerc.

Et il se mit à parler de Mme Homais, dont la
tenue fort négligée leur prêtait à rire ordinairement.     45

— Qu'est-ce que cela fait ? interrompit Emma.
Une bonne mère de famille ne s'inquiète pas de sa
toilette.

Puis elle retomba dans son silence.

Il en fut de même les jours suivants ; ses discours,   50
ses manières, tout changea. On la vit prendre à cœur
son ménage, retourner à l'église régulièrement et
tenir sa servante avec plus de sévérité.

Elle retira Berthe de nourrice. Félicité l'amenait
quand il venait des visites, et Mme Bovary la dés-   55
habillait afin de faire voir ses membres. Elle déclarait
adorer les enfants ; c'était sa consolation, sa joie,
sa folie, et elle accompagnait ses caresses d'expan-
sions lyriques, qui, à d'autres qu'à des Yonvillais,
eussent rappelé la Sachette de *Notre-Dame de Paris*.   60

Quand Charles rentrait, il trouvait auprès des cendres ses pantoufles à chauffer. Ses gilets maintenant
ne manquaient plus de doublure, ni ses chemises de
boutons, tous les bonnets de coton rangés par piles
égales. Elle ne rechignait plus, comme autrefois, à   65
faire des tours dans le jardin ; ce qu'il proposait
était toujours consenti, bien qu'elle ne devinât pas
les volontés auxquelles elle se soumettait sans un
murmure ; — et lorsque Léon le voyait au coin du
feu, après le dîner, les deux mains sur son ventre,   70
les deux pieds sur les chenets, la joue rougie par la
digestion, les yeux humides de bonheur, avec l'enfant qui se traînait sur le tapis, et cette femme à
taille mince qui, par-dessus le dossier du fauteuil,
venait le baiser au front :   75

— Quelle folie ! se disait-il, et comment arriver
jusqu'à elle ?

Elle lui parut donc si vertueuse et inaccessible que
toute espérance, même la plus vague, l'abandonna.

*Cependant cette femme* si triste, si calme, *qui édifiait
tout le bourg par ses bonnes actions, était pleine de* convoitises, *de rage, de haine. Amoureuse de Léon et croyant
l'avoir, par sa faute, perdu à jamais, elle se met à haïr
son mari, prenant pour une insulte intolérable la conviction aveugle où il est de la rendre heureuse.*

*Au début d'avril, un jour où les tintements de l'Angélus
se mêlent à la poésie d'un soir de printemps, Emma sent
monter en elle les souvenirs pieux de son enfance et se
dirige machinalement vers l'église. Elle y trouve le curé
Bournisien au milieu de ses garnements du catéchisme. Un
dialogue décevant s'engage alors : Emma fait tous ses*

*efforts pour faire deviner au prêtre la crise morale qu'elle traverse et obtenir un secours spirituel, mais le curé, trop borné pour percevoir l'appel qui lui est lancé, interprète les paroles d'Emma dans un sens platement matériel et la laisse partir à la fois désemparée et révoltée. Léon, de son côté, « las d'aimer sans résultat », se décide, après de longues tergiversations, à aller terminer son droit à Paris. Son départ est un événement dans le bourg. Léon a gardé la dernière minute pour un ultime adieu à Emma. Les deux jeunes gens échangent quelques paroles gauches, leur gêne même trahissant leur émotion, puis se séparent. Pendant le dîner, Homais fait sa visite rituelle aux Bovary et évoque avec gourmandise tous les plaisirs qui s'offrent à l'étudiant parisien. Ensuite, devenu sérieux, il laisse filtrer l'espoir que les comices agricoles départementaux se tiendront cette année à Yonville.*

*Les jours suivants paraissent funèbres à Emma. Embellissant tous les souvenirs où se trouvait mêlé Léon, elle s'en veut de ne pas l'avoir retenu. Cependant, « l'amour peu à peu s'éteignit par l'absence, le regret s'étouffa sous l'habitude ». Certaine alors d'être vouée au malheur, Emma se laisse aller à des extravagances et à des caprices sans lendemain. Pâlie, maigrie, elle a des défaillances et même un crachement de sang qui la laisse indifférente. Charles, affolé, fait venir sa mère qui accuse seulement le désœuvrement de sa belle-fille et ses mauvaises lectures.*

*La mère de Charles part bientôt, après des adieux fort secs à sa belle-fille. Le jour même de son départ, une sorte de gentilhomme campagnard, encore jeune et de belle allure, se présente chez l'officier de santé. Nouveau venu dans le pays où il a acheté le domaine de la Huchette, Rodolphe Boulanger — tel est son nom — a accompagné un de ses paysans qui veut être saigné. Cette opération bénigne permet à M. Boulanger d'apprécier en connaisseur le charme d'Emma, que l'on avait appelée en renfort. De retour chez lui, il caresse l'idée d'en faire sa maîtresse, hésitant seulement par crainte des embarras consécutifs à une telle liaison. Puis la tenue des prochains comices lui venant à l'esprit, il aperçoit là une occasion à ne pas perdre d'entreprendre la conquête de Mme Bovary.*

*Ces fameux comices arrivent enfin. Tout le bourg est en effervescence. M. Homais, vêtu avec une élégance tapa-*

*geuse, trouve le temps d'assourdir Mme Lefrançois, l'au-*
*bergiste, en lui vantant la beauté de la science. Mais*
*l'attention de Mme Lefrançois se concentre sur l'établis-*
*sement de son concurrent et elle révèle à M. Homais*
*« qu'on va le saisir cette semaine. C'est Lheureux qui le*
*fait vendre. Il l'a assassiné de billets ».*

*Apercevant alors Mme Bovary au bras de Rodolphe*
*Boulanger, le pharmacien s'élance pour lui offrir ses hom-*
*mages.*

### AUX COMICES

Rodolphe, l'ayant aperçu de loin, avait pris un train
rapide ; mais Mme Bovary s'essouffla ; il se ralentit
donc et lui dit en souriant, d'un ton brutal :

— C'est pour éviter ce gros homme : vous savez,
l'apothicaire.                                                      5

Elle lui donna un coup de coude.

— Qu'est-ce que cela signifie ? se demanda-t-il.

Et il la considéra du coin de l'œil, tout en conti-
nuant à marcher.

Son profil était si calme, que l'on n'y devinait        10
rien. Il se détachait en pleine lumière, dans l'ovale
de sa capote qui avait des rubans pâles ressemblant
à des feuilles de roseau. Ses yeux aux longs cils
courbes regardaient devant elle, et, quoique bien
ouverts, ils semblaient un peu bridés par les pom-      15
mettes, à cause du sang qui battait doucement sous
sa peau fine. Une couleur rose traversait la cloison
de son nez. Elle inclinait la tête sur l'épaule, et l'on
voyait entre ses lèvres le bout nacré de ses dents
blanches.                                                          20

— Se moque-t-elle de moi ? songeait Rodolphe.

Ce geste d'Emma pourtant n'avait été qu'un aver-
tissement ; car M. Lheureux les accompagnait, et il
leur parlait de temps à autre, comme pour entrer en
conversation.                                                      25

— Voici une journée superbe ! Tout le monde est
dehors ! Les vents sont à l'est.

**Emma au bras de Rodolphe le jour des comices.**
Gravure d'après un dessin de Alfred de Richemont. Bibliothèque Nationale, Paris. Ph. Jeanbor.
© Archives Photeb.

Et Mme Bovary, non plus que Rodolphe, ne lui répondait guère, tandis qu'au moindre mouvement qu'ils faisaient, il se rapprochait en disant : « Plaît-il ? » et portait la main à son chapeau.

Quand ils furent devant la maison du maréchal, au lieu de suivre la route jusqu'à la barrière, Rodolphe, brusquement, prit un sentier, entraînant Mme Bovary ; il cria :

— Bonsoir, monsieur Lheureux ! Au plaisir !

— Comme vous l'avez congédié ! dit-elle en riant.

— Pourquoi, reprit-il, se laisser envahir par les autres ? et, puisque, aujourd'hui, j'ai le bonheur d'être avec vous...

Emma rougit. Il n'acheva point sa phrase. Alors il parla du beau temps et du plaisir de marcher sur l'herbe. Quelques marguerites étaient repoussées.

— Voici de gentilles pâquerettes, dit-il, et de quoi fournir bien des oracles à toutes les amoureuses du pays.

Il ajouta :

— Si j'en cueillais. Qu'en pensez-vous ?

— Est-ce que vous êtes amoureux ? fit-elle en toussant un peu.

— Eh ! eh ! qui sait, répondit Rodolphe.

Le pré commençait à se remplir, et les ménagères vous heurtaient avec leurs grands parapluies, leurs paniers et leurs bambins. Souvent il fallait se déranger devant une longue file de campagnardes, servantes en bas bleus, à souliers plats, à bagues d'argent, et qui sentaient le lait quand on passait près d'elles. Elles marchaient en se tenant par la main, et se répandaient ainsi sur toute la longueur de la prairie, depuis la ligne des trembles jusqu'à la tente du banquet. Mais c'était le moment de l'examen, et les cultivateurs, les uns après les autres, entraient dans une manière d'hippodrome que formait une longue corde portée sur des bâtons.

Les bêtes étaient là, le nez tourné vers la ficelle,

et alignant confusément leurs croupes inégales. Les
porcs assoupis enfonçaient en terre leur groin ; les
veaux beuglaient ; des brebis bêlaient ; les vaches,
un jarret replié, étalaient leur ventre sur le gazon et,
ruminant lentement, clignaient leurs paupières lour-     70
des sous les moucherons qui bourdonnaient autour
d'elles. Des charretiers, les bras nus, retenaient par
le licou des étalons cabrés, qui hennissaient à pleins
naseaux du côté des juments. Elles restaient paisi-
bles, allongeant la tête et la crinière pendante, tandis   75
que leurs poulains se reposaient à leur ombre, ou
venaient les téter quelquefois ; et, sur la longue
ondulation de tous ces corps tassés, on voyait se
lever au vent, comme un flot, quelque crinière blanche, ou bien saillir des cornes aiguës et des têtes       80
d'hommes qui couraient. A l'écart, en dehors des
lices, cent pas plus loin, il y avait un grand taureau
noir muselé portant un cercle de fer à la narine, et
qui ne bougeait pas plus qu'une bête de bronze. Un
enfant en haillons le tenait par une corde.              85

Cependant, entre les deux rangées, des messieurs
s'avançaient d'un pas lourd, examinant chaque ani-
mal, puis se consultaient à voix basse. L'un d'eux,
qui semblait plus considérable, prenait, tout en marchant, quelques notes sur un album. C'était le pré-      90
sident du jury : M. Derozerays de la Panville. Sitôt
qu'il reconnut Rodolphe, il s'avança vivement, et lui
dit en souriant d'un air aimable :

— Comment, monsieur Boulanger, vous nous
abandonnez ?                                             95

Rodolphe protesta qu'il allait venir. Mais, quand
le président eut disparu :

— Ma foi, non, reprit-il, je n'irai pas ; votre
compagnie vaut bien la sienne.


*Après quelques railleries touchant les toilettes des dames*
*d'Yonville, Rodolphe commence à débiter à Emma tous*
*les poncifs romantiques : il se dit désabusé de tout, en*

*proie à la mélancolie, solitaire, appelant en vain de ses vœux une affection qui aurait galvanisé son énergie... Cependant, la cérémonie commence avec l'arrivée du conseiller de préfecture représentant le préfet. Tout le canton est là, endimanché et radieux. Mais Rodolphe, sous prétexte de mieux profiter du spectacle, entraîne Emma au premier étage, désert, de la mairie. Et tandis que se déroulent les interminables discours des notabilités, Rodolphe peut à loisir continuer son travail de séduction.*

— Je devrais, dit Rodolphe, me reculer un peu.  100
— Pourquoi ? dit Emma.

Mais, à ce moment, la voix du conseiller s'éleva d'un ton extraordinaire. Il déclamait :

« Le temps n'est plus, messieurs, où la discorde civile ensanglantait nos places publiques, où le pro-  105
priétaire, le négociant, l'ouvrier lui-même, en s'endormant le soir d'un sommeil paisible, tremblaient de se voir réveillés tout à coup au bruit des tocsins incendiaires, où les maximes les plus subversives sapaient audacieusement les bases... »  110

— C'est qu'on pourrait, reprit Rodolphe, m'apercevoir d'en bas ; puis j'en aurais pour quinze jours à donner des excuses, et, avec ma mauvaise réputation...

— Oh ! vous vous calomniez, dit Emma.  115
— Non, non, elle est exécrable, je vous jure.

« Mais, messieurs, poursuivit le conseiller, que si, écartant de mon souvenir ces sombres tableaux, je reporte mes yeux sur la situation actuelle de notre belle patrie : qu'y vois-je ? Partout fleurissent le  120
commerce et les arts ; partout des voies nouvelles de communication, comme autant d'artères nouvelles dans le corps de l'État, y établissent des rapports nouveaux ; nos grands centres manufacturiers ont repris leur activité ; la religion, plus affermie, sourit  125
à tous les cœurs ; nos ports sont pleins, la confiance renaît, et enfin la France respire !... »

— Du reste, ajouta Rodolphe, peut-être, au point
de vue du monde, a-t-on raison ?

— Comment cela ? fit-elle.                                    130

— Eh quoi ! dit-il, ne savez-vous pas qu'il y a
des âmes sans cesse tourmentées ? Il leur faut tour
à tour le rêve et l'action, les passions les plus pures,
les jouissances les plus furieuses, et l'on se jette ainsi
dans toutes sortes de fantaisies, de folies.                  135

Alors elle le regarda comme on contemple un
voyageur qui a passé par des pays extraordinaires,
et elle reprit :

— Nous n'avons pas même cette distraction, nous
autres pauvres femmes !                                       140

— Triste distraction, car on n'y trouve pas le
bonheur.

— Mais le trouve-t-on jamais ? demanda-t-elle.

— Oui, il se rencontre un jour, répondit-il.

« Et c'est là ce que vous avez compris, disait le     145
conseiller. Vous, agriculteurs et ouvriers des campagnes ; vous, pionniers pacifiques d'une œuvre
toute de civilisation ! vous, hommes de progrès et
de moralité ! vous avez compris, dis-je, que les ora-
ges politiques sont encore plus redoutables vraiment   150
que les désordres de l'atmosphère... »

— Il se rencontre un jour, répéta Rodolphe, un
jour, tout à coup et quand on en désespérait. Alors
des horizons s'entrouvrent, c'est comme une voix
qui crie : « Le voilà ! » Vous sentez le besoin de    155
faire à cette personne la confidence de votre vie, de
lui donner tout, de lui sacrifier tout ! On ne s'explique pas, on se devine. On s'est entrevu dans ses
rêves. (Et il la regardait.) Enfin, il est là, ce trésor
que l'on a tant cherché, là, devant vous ; il brille, il  160
étincelle. Cependant on en doute encore, on n'ose y
croire ; on en reste ébloui, comme si l'on sortait des
ténèbres à la lumière.

Et, en achevant ces mots, Rodolphe ajouta la
pantomime à sa phrase. Il se passa la main sur le     165

visage, tel qu'un homme pris d'étourdissement ; puis il la laissa retomber sur celle d'Emma. Elle retira la sienne. Mais le conseiller lisait toujours :

« Et qui s'en étonnerait, messieurs ? Celui-là seul qui serait assez aveugle, assez plongé (je ne crains 170 pas de le dire), assez plongé dans les préjugés d'un autre âge pour méconnaître encore l'esprit des populations agricoles. Où trouver, en effet, plus de patriotisme que dans les campagnes, plus de dévouement à la cause publique, plus d'intelligence en un 175 mot ? Et je n'entends pas, messieurs, cette intelligence superficielle, vain ornement des esprits oisifs, mais plus de cette intelligence profonde et modérée qui s'applique par-dessus toute chose à poursuivre des buts utiles, contribuant ainsi au bien de chacun, 180 à l'amélioration commune et au soutien des États, fruit du respect des lois et de la pratique des devoirs... »

---

• **Conformisme et revendication individualiste** (l. 100-258)
C'est au cours de ces Comices que nous allons sentir s'éveiller en Emma les premiers frémissements de ce qui sera pour elle la révélation de la passion. Or la naissance de cet amour se déroule au sein d'une atmosphère d'épais matérialisme...

① Quel avantage offre la composition en contrepoint adoptée par l'auteur dans ce passage ? Pourquoi Flaubert a-t-il choisi de placer dans ce contexte guignolesque la scène de séduction, premier pas vers la réalisation des rêves d'amour fou d'Emma ?

② Étudier les formules employées par le conseiller et définir l'idéal qui s'en dégage.

③ L'emphase oratoire du conseiller fait partie de la routine de sa fonction. Rodolphe se donne plus de mal pour jouer la comédie en se posant en héros romantique.
a) Montrer l'avantage que présente pour lui l'étalage de plat conformisme politique et moral qu'on entend sur la place.
b) Dégager les thèmes individualistes qu'il formule pour Emma et qui étaient — en littérature du moins — monnaie courante depuis un siècle.
c) Comment Emma réagit-elle à ce discours, si insincère qu'il soit ?

— Ah ! encore, dit Rodolphe. Toujours les devoirs, je suis assommé de ces mots-là. Ils sont un 185 tas de vieilles ganaches en gilet de flanelle, et de bigotes à chaufferette et à chapelet, qui continuellement nous chantent aux oreilles : « Le devoir ! le devoir ! » Eh ! parbleu ! le devoir, c'est de sentir ce qui est grand, de chérir ce qui est beau, et non pas 190 d'accepter toutes les conventions de la société, avec les ignominies qu'elle nous impose.

— Cependant..., cependant..., objectait Mme Bovary.

— Eh non ! pourquoi déclamer contre les pas- 195 sions ? Ne sont-elles pas la seule belle chose qu'il y ait sur la terre, la source de l'héroïsme, de l'enthousiasme, de la poésie, de la musique, des arts, de tout enfin ?

— Mais il faut bien, dit Emma, suivre un peu 200 l'opinion du monde et obéir à sa morale.

— Ah ! c'est qu'il y en a deux, répliqua-t-il. La petite, la convenue, celle des hommes, celle qui varie sans cesse et qui braille si fort, s'agite en bas, terre à terre, comme ce rassemblement d'imbéciles que 205 vous voyez. Mais l'autre, l'éternelle, elle est tout autour et au-dessus, comme le paysage qui nous environne et le ciel bleu qui nous éclaire.

*Tandis qu'en bas les discours se succèdent, alignant avec emphase leurs banalités bien-pensantes, « Rodolphe, avec Mme Bovary, causait rêves, pressentiments, magnétisme... Du magnétisme, peu à peu, Rodolphe en était venu aux affinités... et le jeune homme expliquait à la jeune femme que ces attractions irrésistibles tiraient leur cause de quelque existence antérieure. »*

— Ainsi, nous, disait-il, pourquoi nous sommes-nous connus ? Quel hasard l'a voulu ? C'est qu'à 210 travers l'éloignement, sans doute, comme deux fleu-

ves qui coulent pour se rejoindre, nos pentes parti-
culières nous avaient poussés l'un vers l'autre.          215

Et il saisit sa main ; elle ne la retira pas.

« Ensemble de bonnes cultures ! cria le président.

— Tantôt, par exemple, quand je suis venu chez
vous...

« A M. Bizet, de Quincampoix. »                            220

— Savais-je que je vous accompagnerais ?

« Soixante et dix francs ! »

— Cent fois même, j'ai voulu partir, et je vous
ai suivie, je suis resté.

« Fumiers. »                                               225

— Comme je resterais ce soir, demain, les autres
jours, toute ma vie !

« A M. Caron, d'Argueil, une médaille d'or ! »

— Car jamais je n'ai trouvé dans la société de
personne au charme aussi complet.                         230

« A M. Bain, de Givry-Saint-Martin ! »

— Aussi, moi, j'emporterai votre souvenir.

« Pour un bélier mérinos... »

— Mais vous m'oublierez, j'aurai passé comme
une ombre.                                                235

« A M. Belot, de Notre-Dame... »

— Oh ! non, n'est-ce pas, je serai quelque chose
dans votre pensée, dans votre vie ?

« Race porcine, prix *ex aequo* : à MM. Lehérissé
et Cullembourg ; soixante francs ! »                      240

Rodolphe lui serrait la main, et il la sentait toute
chaude et frémissante comme une tourterelle captive
qui veut reprendre sa volée ; mais, soit qu'elle essayât
de la dégager ou bien qu'elle répondît à cette pres-
sion, elle fit un mouvement des doigts ; il s'écria :     245

— Oh ! merci ! Vous ne me repoussez pas ! Vous
êtes bonne ! Vous comprenez que je suis à vous !
Laissez que je vous voie, que je vous contemple !

Un coup de vent qui arriva par les fenêtres fronça
le tapis de la table, et, sur la place, en bas, tous les   250
grands bonnets des paysannes se soulevèrent, comme

des ailes de papillons blancs qui s'agitent.

« Emploi de tourteaux de graines oléagineuses »,
continua le président.

Il se hâtait :                                            255

« Engrais flamand — culture du lin — drainage,
baux à longs termes — services de domestiques. »

Rodolphe ne parlait plus. Ils se regardaient. Un
désir suprême faisait frissonner leurs lèvres sèches ;
et mollement, sans efforts, leurs doigts se confon-   260
dirent.

« Catherine-Nicaise-Élisabeth Leroux, de Sasse-
tot-la-Guerrière, pour cinquante-quatre ans de service dans la même ferme, une médaille d'argent —
du prix de vingt-cinq francs ! »                        265

« Où est-elle, Catherine Leroux ? » répéta le conseiller.

Elle ne se présentait pas, et l'on entendait des voix
qui chuchotaient :

— Vas-y !                                                270

— Non.

— A gauche !

— N'aie pas peur !

— Ah ! qu'elle est bête !

— Enfin y est-elle ? s'écria Tuvache.                   275

— Oui ! la voilà !

— Qu'elle approche donc !

Alors on vit s'avancer sur l'estrade une petite
vieille femme de maintien craintif, et qui paraissait
se ratatiner dans ses pauvres vêtements. Elle avait   280
aux pieds de grosses galoches de bois, et, le long des
hanches, un grand tablier bleu. Son visage maigre,
entouré d'un béguin sans bordure, était plus plissé
de rides qu'une pomme de reinette flétrie, et des
manches de sa camisole rouge dépassaient deux lon-   285
gues mains, à articulations noueuses. La poussière
des granges, la potasse des lessives et le suint des
laines les avaient si bien encroûtées, éraillées, dur-
cies, qu'elles semblaient sales quoiqu'elles fussent

rincées d'eau claire ; et, à force d'avoir servi, elles     290
restaient entrouvertes, comme pour présenter d'elles-
mêmes l'humble témoignage de tant de souffrances
subies. Quelque chose d'une rigidité monacale relevait l'expression de sa figure. Rien de triste ou d'attendri n'amollissait ce regard pâle. Dans la fréquen-     295
tation des animaux, elle avait pris leur mutisme et
leur placidité. C'était la première fois qu'elle se
voyait au milieu d'une compagnie si nombreuse ; et,
intérieurement effarouchée par les drapeaux, par les
tambours, par les messieurs en habit noir et par la     300
croix d'honneur du conseiller, elle demeurait tout
immobile, ne sachant s'il fallait s'avancer ou s'enfuir, ni pourquoi la foule la poussait et pourquoi les
examinateurs lui souriaient. Ainsi se tenait, devant
ces bourgeois épanouis, ce demi-siècle de servitude.     305
   — Approchez, vénérable Catherine-Nicaise-Élisabeth Leroux ! dit M. le conseiller, qui avait pris
des mains du président la liste des lauréats.
   Et tour à tour examinant la feuille de papier, puis
la vieille femme, il répétait d'un ton paternel :     310

---

• **« Ce demi-siècle de servitude »**
   En bas, on arrive au terme de la distribution des prix, avec ses
termes réalistes, tandis que, dans la salle du haut, on voit Emma
se laisser progressivement envoûter par les artifices du hobereau.
Mais voici que l'auteur fixe l'attention du lecteur sur la figure
exemplaire de Catherine-Nicaise-Élisabeth Leroux.

①Pourquoi Flaubert développe-t-il la description des mains
(l. 282-287) ? Noter la force évocatrice des termes choisis *(poussière, potasse, suint)* et la propriété des verbes correspondants,
ainsi que l'effet de leurs allitérations.

②En suggérant l'interprétation symbolique des mains entrouvertes (l. 287-290), l'auteur ne trahit-il pas son émotion devant
ce que représente cette figure de fiction ?

③Que Rodolphe et Emma aient ou non retenu quelque chose
de cette apparition, le lecteur, de lui-même, est porté à méditer
sur le contraste entre ces destinées. Que pouvait penser l'auteur
lui-même ?

— Approchez, approchez !

— Êtes-vous sourde ? dit Tuvache, en bondissant
sur son fauteuil.

Et il se mit à lui crier dans l'oreille :

— Cinquante-quatre ans de service ! Une médaille    315
d'argent ! Vingt-cinq francs ! C'est pour vous.

Puis, quand elle eut sa médaille, elle la considéra.
Alors un sourire de béatitude se répandit sur sa
figure et on l'entendait qui marmottait en s'en
allant :    320

— Je la donnerai au curé de chez nous, pour qu'il
me dise des messes.

— Quel fanatisme ! exclama le pharmacien, en se
penchant vers le notaire.

La séance était finie ; la foule se dispersa ; et,    325
maintenant que les discours étaient lus, chacun
reprenait son rang et tout rentrait dans la coutume :
les maîtres rudoyaient les domestiques, et ceux-ci
frappaient les animaux, triomphateurs indolents qui
s'en retournaient à l'étable, une couronne verte entre    330
les cornes.

Cependant les gardes nationaux étaient montés au
premier étage de la mairie, avec des brioches embro-
chées à leurs baïonnettes, et le tambour du bataillon
qui portait un panier de bouteilles. Mme Bovary prit    335
le bras de Rodolphe ; il la reconduisit chez elle ; ils
se séparèrent devant sa porte ; puis il se promena
seul dans la prairie, tout en attendant l'heure du
banquet.

340

*« Le festin fut long, bruyant, mal servi », mais Rodol-
phe ne pense qu'aux plaisirs qu'il se promet avec Emma.
Pour Homais, ces comices sont l'occasion de publier un
long article dans* Le Fanal de Rouen, *article fait d'un
ramassis de lieux communs dithyrambiques au milieu
desquels il ne manque pas de glisser son propre éloge,
et qu'il termine par une pointe anticléricale. Cependant
Rodolphe, en séducteur avisé, attend six semaines avant*

*de revoir Emma. Le jour venu, il se présente en amoureux
sans espoir, incapable pourtant de retenir l'aveu de son
amour. Mais au moment où Emma montre son trouble
et où il veut pousser son avantage, du bruit se fait
entendre, et bientôt Charles paraît. Rodolphe, dominant
la situation, feint de s'inquiéter de la santé de Mme
Bovary. Charles abonde dans son sens, et Rodolphe
suggère, comme remède, la pratique du cheval, proposant même d'en prêter un. Rodolphe parti, Charles presse
sa femme d'accepter cette offre. Emma se fait prier,
objectant que cela peut-être semblerait drôle. Mais Charles déclare s'en moquer.
Un costume d'amazone est commandé, livré et, un jour,
Rodolphe arrive à cheval, amenant avec lui une monture
élégante pour Emma.*

## LE TRIOMPHE DE LA PASSION

Rodolphe avait mis de longues bottes molles, se
disant que sans doute elle n'en avait jamais vu de
pareilles ; en effet, Emma fut charmée de sa tournure, lorsqu'il apparut sur le palier avec son grand
habit de velours et sa culotte de tricot blanc. Elle    5
était prête, elle l'attendait.

Justin s'échappa de la pharmacie pour la voir, et
l'apothicaire aussi se dérangea. Il faisait à M.
Boulanger des recommandations :

— Un malheur arrive si vite ! Prenez garde ! Vos    10
chevaux peut-être sont fougueux !

Elle entendit du bruit au-dessus de sa tête : c'était
Félicité qui tambourinait contre les carreaux pour
divertir la petite Berthe. L'enfant envoya de loin un
baiser ; sa mère lui répondit d'un signe avec le pom-    15
meau de sa cravache.

— Bonne promenade ! cria M. Homais. De la
prudence, surtout ! de la prudence !

Et il agita son journal en les regardant s'éloigner.

Dès qu'il sentit la terre, le cheval d'Emma prit le       20
galop. Rodolphe galopait à côté d'elle. Par moments
ils échangeaient une parole. La figure un peu baissée, la main haute et le bras droit déployé, elle
s'abandonnait à la cadence du mouvement qui la
berçait sur la selle.                                      25

Au bas de la côte, Rodolphe lâcha les rênes ; ils
partirent ensemble d'un seul bond ; puis, en haut,
tout à coup, les chevaux s'arrêtèrent et son grand
voile bleu retomba.

On était aux premiers jours d'octobre. Il y avait       30
du brouillard sur la campagne. Des vapeurs s'allongeaient à l'horizon, contre le contour des collines ;
et d'autres, se déchirant, montaient, se perdaient.
Quelquefois, dans un écartement des nuées, sous un
rayon de soleil, on apercevait au loin les toits        35
d'Yonville, avec les jardins au bord de l'eau, les
cours, les murs et le clocher de l'église. Emma fermait à demi les paupières pour reconnaître sa maison, et jamais ce pauvre village où elle vivait ne lui
avait semblé si petit. De la hauteur où ils étaient,     40
toute la vallée paraissait un immense lac pâle, s'é-
vaporant à l'air. Les massifs d'arbres de place en place
saillissaient comme des rochers noirs ; et les hautes
lignes des peupliers, qui dépassaient la brume,
figuraient des grèves que le vent remuait.               45

A côté, sur la pelouse, entre les sapins, une lumière
brune circulait dans l'atmosphère tiède. La terre,
roussâtre comme de la poudre de tabac, amortissait
le bruit des pas ; et, du bout de leurs fers, en marchant, les chevaux poussaient devant eux des pom-        50
mes de pin tombées.

Rodolphe et Emma suivirent ainsi la lisière du
bois. Elle se détournait de temps à autre, afin d'éviter son regard, et alors, elle ne voyait que les troncs
de sapins alignés, dont la succession continue           55
l'étourdissait un peu. Les chevaux soufflaient. Le

cuir des selles craquait.

Au moment où ils entrèrent dans la forêt, le soleil
parut.

— Dieu nous protège ! dit Rodolphe.

— Vous croyez ? fit-elle.

— Avançons ! Avançons ! reprit-il.

Il claqua de la langue. Les deux bêtes couraient.

De longues fougères, au bord du chemin, se prenaient dans l'étrier d'Emma. Rodolphe, tout en
allant, se penchait et il les retirait à mesure. D'autres
fois, pour écarter les branches, il passait près d'elle,
et Emma sentait son genou lui frôler la jambe. Le
ciel était devenu bleu. Les feuilles ne remuaient pas.
Il y avait de grands espaces pleins de bruyère tout
en fleurs ; et des nappes violettes s'alternaient avec
le fouillis des arbres, qui étaient gris, fauves ou
dorés, selon la diversité des feuillages. Souvent on
entendait, sous les buissons, glisser un petit battement d'ailes, ou bien le cri rauque et doux des
corbeaux, qui s'envolaient dans les chênes.

Ils descendirent. Rodolphe attacha les chevaux.
Elle allait devant, sur la mousse, entre les ornières.

Mais sa robe trop longue l'embarrassait, bien
qu'elle la portât relevée par la queue, et Rodolphe,
marchant derrière elle, contemplait entre ce drap
noir et la bottine noire, la délicatesse de son bas
blanc, qui lui semblait quelque chose de sa nudité.

Elle s'arrêta.

— Je suis fatiguée, dit-elle.

— Allons, essayez encore ! reprit-il. Du courage !

Puis, cent pas plus loin, elle s'arrêta de nouveau ;
et, à travers son voile, qui de son chapeau d'homme
descendait obliquement sur ses hanches, on distin-
guait son visage dans une transparence bleuâtre,
comme si elle eût nagé sous des flots d'azur.

— Où allons-nous donc ?

Il ne répondit rien. Elle respirait d'une façon sac-
cadée. Rodolphe jetait les yeux autour de lui et il se

mordait la moustache.                                           95

Ils arrivèrent à un endroit plus large, où l'on avait abattu des baliveaux. Ils s'assirent sur un tronc d'arbre renversé, et Rodolphe se mit à lui parler de son amour.

Il ne l'effraya point d'abord par des compliments.   100
Il fut calme, sérieux, mélancolique.

Emma l'écoutait la tête basse, et tout en remuant avec la pointe de son pied des copeaux par terre.

Mais, à cette phrase :

— Est-ce que nos destinées maintenant ne sont   105
pas communes ?

— Eh non ! répondit-elle. Vous le savez bien. C'est impossible.

Elle se leva pour partir. Il la saisit au poignet. Elle s'arrêta. Puis, l'ayant considéré quelques minutes   110
d'un œil amoureux et tout humide, elle dit vivement :

— Ah ! tenez, n'en parlons plus... Où sont les chevaux ? Retournons.

Il eut un geste de colère et d'ennui. Elle répéta :   115

— Où sont les chevaux ? Où sont les chevaux ?

Alors, souriant d'un sourire étrange et la prunelle fixe, les dents serrées, il s'avança en écartant les bras. Elle se recula tremblante. Elle balbutiait :

— Oh ! vous me faites peur ! Vous me faites   120
mal ! Partons.

— Puisqu'il le faut, reprit-il en changeant de visage.

Et il redevint aussitôt respectueux, caressant, timide. Elle lui donna son bras. Ils s'en retournèrent.   125
Il disait :

— Qu'aviez-vous donc ? Pourquoi ? Je n'ai pas compris. Vous vous méprenez, sans doute ? Vous êtes dans mon âme comme une madone sur un piédestal, à une place haute, solide et immaculée. Mais   130
j'ai besoin de vous pour vivre ! J'ai besoin de vos yeux, de votre voix, de votre pensée. Soyez mon

amie, ma sœur, mon ange !

Et il allongeait son bras et lui en entourait la taille.
Elle tâchait de se dégager mollement. Il la soutenait    135
ainsi, en marchant.

Mais ils entendirent les deux chevaux qui brou-
taient le feuillage.

— Oh ! encore, dit Rodolphe. Ne partons pas !
Restez !    140

Il l'entraîna plus loin, autour d'un petit étang, où
des lentilles d'eau faisaient une verdure sur les ondes.
Des nénuphars flétris se tenaient immobiles entre les
joncs. Au bruit de leurs pas dans l'herbe, des gre-
nouilles sautaient pour se cacher.    145

— J'ai tort, j'ai tort, disait-elle. Je suis folle de
vous entendre.

— Pourquoi ?... Emma ! Emma !

— Oh ! Rodolphe !... fit lentement la jeune
femme en se penchant sur son épaule.    150

Le drap de sa robe s'accrochait au velours de
l'habit, elle renversa son cou blanc, qui se gonflait
d'un soupir ; et, défaillante, tout en pleurs, avec un
long frémissement et se cachant la figure, elle
s'abandonna.    155

Les ombres du soir descendaient ; le soleil hori-
zontal, passant entre les branches, lui éblouissait les
yeux. Çà et là, tout autour d'elle, dans les feuilles
ou par terre, des taches lumineuses tremblaient,
comme si des colibris, en volant, eussent éparpillé    160
leurs plumes. Le silence était partout ; quelque chose
de doux semblait sortir des arbres ; elle sentait son
cœur, dont les battements recommençaient, et le
sang circuler dans sa chair comme un fleuve de lait.
Alors, elle entendit tout au loin, au-delà du bois,    165
sur les autres collines, un cri vague et prolongé, une
voix qui se traînait, et elle l'écoutait silencieusement,
se mêlant comme une musique aux dernières vibrations de ses nerfs émus. Rodolphe, le cigare aux
dents, raccommodait avec son canif une des deux    170

brides cassée.

Ils s'en revinrent à Yonville, par le même chemin.
Ils revirent sur la boue les traces de leurs chevaux,
côte à côte, et les mêmes buissons, les mêmes cailloux dans l'herbe. Rien autour d'eux n'avait changé ;    175
et pour elle, cependant, quelque chose était survenu
de plus considérable que si les montagnes se fussent
déplacées. Rodolphe, de temps à autre, se penchait
et lui prenait sa main pour la baiser.

Elle était charmante, à cheval ! Droite, avec sa    180
taille mince, le genou plié sur la crinière de sa bête
et un peu colorée par le grand air, dans la rougeur
du soir.

En entrant dans Yonville, elle caracola sur les
pavés.                                                   185

On la regardait des fenêtres.

Son mari, au dîner, lui trouva bonne mine ; mais
elle eut l'air de ne pas l'entendre lorsqu'il s'informa
de sa promenade ; et elle restait le coude au bord
de son assiette, entre les deux bougies qui brûlaient.   190

— Emma ! dit-il.

— Quoi ?

— Eh bien, j'ai passé cette après-midi chez M.
Alexandre ; il a une ancienne pouliche encore fort
belle, un peu couronnée seulement, et qu'on aurait,    195
je suis sûr, pour une centaine d'écus...

Il ajouta :

— Pensant même que cela te serait agréable, je
l'ai retenue..., je l'ai achetée... Ai-je bien fait ? Dis-
moi donc.                                                200

---

• **La chevauchée**
① (l. 20-29) Y a-t-il trace d'une timidité de cavalière novice
dans l'attitude d'Emma lancée au galop ? Quel aurait été ici
l'inconvénient d'un respect plus scrupuleux de la vraisemblance ?

②Un seul bref échange de paroles est rapporté (l. 58-62) : montrer l'audace de Rodolphe dans son interprétation du rayon de soleil.

En revanche, la nature a son éloquence dans ce passage :

a) (l. 30-51). A quel ordre de suggestions Flaubert a-t-il recours pour faire partager au lecteur la sensation dilatante éprouvée par Emma devant ce panorama ?

b) Cette impression de planer au-dessus de la petitesse d'Yonville est-elle seulement physique ?

③(l. 64-76) Tandis que les difficultés du chemin amènent les deux cavaliers à garder moins de distance entre eux, la nature se fait accueillante, presque complice : souligner les précisions de couleur, de mouvement et de sons où l'on peut déceler comme une sympathie de l'environnement.

• **La marche fatale**

Dans ce passage (l. 77-185), la présence de la nature est plus discrète et l'épreuve de force entre ces deux êtres passe au premier plan.

①(l. 100-121) On voit ici le séducteur échouer dans sa première tentative, malgré sa maîtrise éprouvée. Noter l'importance des détails matériels, en particulier de ceux qui rendent l'état et les réactions physiques des deux jeunes gens.

Suivre chez Emma le déroulement de ses sensations et de ses sentiments successifs, depuis l'embarras jusqu'à l'effroi.

②(l. 122-155)

a) Qu'est-ce que révèle de la personnalité de Rodolphe l'aisance avec laquelle il change instantanément d'attitude ?

b) (l. 127-133). Emma écoute-t-elle le détail de ces professions de foi éthérées ou subit-elle simplement l'effet anesthésiant de ce murmure caressant ?

c) (l. 141-145). Comparer l'impression donnée par ce court paragraphe à celle que laissaient les longues descriptions des (l. 30-76).

d) (l. 151-155). Comment Flaubert a-t-il réussi à produire une impression de pudeur en décrivant la défaite d'Emma ?

• **Renaître à la vie** (l. 156-171)

①Quel effet produit le retour à l'imparfait après *elle s'abandonna* ?

②Montrer l'harmonie entre les impressions de la nature et les sensations éprouvées par Emma. Quel est le symbolisme du *fleuve de lait* (l. 164) ?

③(l. 169-171). Qu'est-ce qui donne l'impression que Rodolphe est exclu de cette merveilleuse renaissance à la vie ?

Elle remua la tête en signe d'assentiment ; puis, un quart d'heure après :

— Sors-tu ce soir ? demanda-t-elle.

— Oui. Pourquoi ?

— Oh ! rien, rien, mon ami.

— Et, dès qu'elle fut débarrassée de Charles, elle monta s'enfermer dans sa chambre.

D'abord, ce fut comme un étourdissement ; elle voyait les arbres, les chemins, les fossés, Rodolphe, et elle sentait encore l'étreinte de ses bras, tandis que le feuillage frémissait et que les joncs sifflaient.

Mais, en s'apercevant dans la glace, elle s'étonna de son visage. Jamais elle n'avait eu les yeux si grands, si noirs, ni d'une telle profondeur. Quelque chose de subtil épandu sur sa personne la transfigurait.

Elle se répétait : « J'ai un amant ! un amant ! » se délectant à cette idée comme à celle d'une autre puberté qui lui serait survenue. Elle allait donc posséder enfin ces joies de l'amour, cette fièvre du bonheur dont elle avait désespéré. Elle entrait dans quelque chose de merveilleux où tout serait passion, extase, délire ; une immensité bleuâtre l'entourait, les sommets du sentiment étincelaient sous sa pensée, l'existence ordinaire n'apparaissait qu'au loin, tout en bas, dans l'ombre, entre les intervalles de ces hauteurs.

Alors elle se rappela les héroïnes des livres qu'elle avait lus, et la légion lyrique de ces femmes adultères se mit à chanter dans sa mémoire avec des voix de sœurs qui la charmaient. Elle devenait elle-même comme une partie véritable de ces imaginations et réalisait la longue rêverie de sa jeunesse, en se considérant dans ce type d'amoureuse qu'elle avait tant envié. D'ailleurs, Emma éprouvait une satisfaction de vengeance. N'avait-elle pas assez souffert ! Mais elle triomphait maintenant, et l'amour, si longtemps contenu, jaillissait tout entier avec des bouillonne-

ments joyeux. Elle le savourait sans remords, sans
inquiétude, sans trouble.                                    240

La journée du lendemain se passa dans une douceur nouvelle. Ils se firent des serments. Elle lui
raconta ses tristesses. Rodolphe l'interrompait par
ses baisers ; et elle lui demandait, en le contemplant
les paupières à demi closes, de l'appeler encore par   245
son nom et de répéter qu'il l'aimait. C'était dans la
forêt, comme la veille, sous une hutte de sabotiers.
Les murs en étaient de paille et le toit descendait si
bas, qu'il fallait se tenir courbé. Ils étaient assis l'un
contre l'autre, sur un lit de feuilles sèches.             250

A partir de ce jour-là, ils s'écrivirent régulièrement
tous les soirs. Emma portait sa lettre au bout du
jardin près de la rivière, dans une fissure de la
terrasse. Rodolphe venait l'y chercher et en plaçait
une autre, qu'elle accusait toujours d'être trop       255
courte.

Un matin que Charles était sorti dès avant l'aube,
elle fut prise par la fantaisie de voir Rodolphe à
l'instant.

On pouvait arriver promptement à la Huchette, y   260
rester une heure et être rentré dans Yonville que tout
le monde encore serait endormi. Cette idée la fit
haleter de convoitise ; elle se trouva bientôt au milieu
de la prairie, où elle marchait à pas rapides, sans
regarder derrière elle.                                      265

Le jour commençait à paraître. Emma, de loin,
reconnut la maison de son amant, dont les deux
girouettes à queue d'aronde se découpaient en noir
sur le crépuscule pâle.

Après la cour de la ferme, il y avait un corps de   270
logis qui devait être le château. Elle y entra, comme
si les murs, à son approche, se fussent écartés d'eux-
mêmes. Un grand escalier droit montait vers le corridor. Emma tourna la clenche d'une porte, et tout
à coup, au fond de la chambre, elle aperçut un        275
homme qui dormait. C'était Rodolphe. Elle poussa

un cri.

— Te voilà ! te voilà ! répétait-il. Comment as-tu fait pour venir ?... Ah ! ta robe est mouillée !

— Je t'aime ! répondit-elle en lui passant les bras autour du cou.                                                     280

Cette première audace lui ayant réussi, chaque fois maintenant que Charles sortait de bonne heure, Emma s'habillait vite et descendait à pas de loup le perron qui conduisait au bord de l'eau.                              285

Mais, quand la planche aux vaches était levée, il fallait suivre les murs qui longeaient la rivière ; la berge était glissante ; elle s'accrochait de la main, pour ne pas tomber, aux bouquets de ravenelles flétries. Puis elle prenait à travers des champs en    290
labour, où elle enfonçait, trébuchait et empêtrait ses bottines minces. Son foulard, noué sur sa tête, s'agitait au vent dans les herbages ; elle avait peur des bœufs, elle se mettait à courir ; elle arrivait essoufflée, les joues roses, et exhalant de toute sa personne   295
un frais parfum de sève, de verdure et de grand air. Rodolphe, à cette heure-là, dormait encore. C'était comme une matinée de printemps qui entrait dans sa chambre.

Les rideaux jaunes, le long des fenêtres, laissaient   300
passer doucement une lourde lumière blonde. Emma tâtonnait en clignant des yeux, tandis que les gouttes de rosée suspendues à ses bandeaux faisaient comme une auréole de topaze tout autour de sa figure. Rodolphe, en riant, l'attirait à lui et il la pressait    305
sur son cœur.

Ensuite, elle examinait l'appartement, elle ouvrait les tiroirs des meubles, elle se peignait avec son peigne et se regardait dans le miroir à barbe. Souvent même, elle mettait entre ses dents le tuyau d'une     310
grosse pipe qui était sur la table de nuit, parmi des citrons et des morceaux de sucre, près d'une carafe d'eau.

Il leur fallait un bon quart d'heure pour les adieux.

Alors Emma pleurait ; elle aurait voulu ne jamais     315
abandonner Rodolphe. Quelque chose de plus fort
qu'elle la poussait vers lui, si bien qu'un jour, la
voyant survenir, à l'improviste, il fronça le visage,
comme quelqu'un de contrarié.

— Qu'as-tu donc ? dit-elle. Souffres-tu ? Parle-     320
moi !

Enfin il déclara, d'un air sérieux, que ses visites
devenaient imprudentes et qu'elle se compromettait.

*L'inquiétude gagne Emma au cours de ces équipées du*
*petit matin. Une fois, elle tombe sur Binet, le percepteur,*
*qui se tenait à l'affût du canard sauvage et s'étonne de la*
*voir dans la campagne au petit jour. Elle balbutie une*
*mauvaise explication et passe la journée « à se torturer*
*l'esprit dans tous les projets de mensonges imaginables ».*
*Le soir, chez le pharmacien, elle rencontre de nouveau*
*Binet, mais celui-ci se contente de lancer une phrase à*
*double entente qui n'éveille pas l'attention des autres per-*
*sonnes présentes. Les rendez-vous de Rodolphe et d'Emma*
*ont lieu désormais au début de la nuit, une fois que*
*Charles a sombré dans le sommeil. La tonnelle au fond*
*du jardin ou même le cabinet de consultation accueillent*
*les amants. Cependant, Emma est parfois choquée du*
*sans-gêne de Rodolphe, et celui-ci commence à trouver*
*lassante l'exaltation de sa maîtresse.*

### UNE LETTRE DU PÈRE ROUAULT

C'était l'époque où le père Rouault envoyait sa
dinde, en souvenir de sa jambe remise. Le cadeau
arrivait toujours avec une lettre. Emma coupa la
corde qui la retenait au panier, et lut les lignes
suivantes :     5

« Mes chers enfants,

« J'espère que la présente vous trouvera en bonne
santé et que celui-là vaudra bien les autres ; car il
me semble un peu plus mollet, si j'ose dire, et plus
massif. Mais la prochaine fois, par changement, je     10
vous donnerai un coq, à moins que vous ne teniez

de préférence aux *picots*, et renvoyez-moi la bour-
riche, s'il vous plaît, avec les deux anciennes. J'ai
eu un malheur à ma charretterie, dont la couverture,
une nuit qu'il ventait fort, s'est envolée dans les
arbres. La récolte non plus n'a pas été trop fameuse. 15
Enfin, je ne sais pas quand j'irai vous voir. Ça m'est
tellement difficile de quitter maintenant la maison,
depuis que je suis seul, ma pauvre Emma ! »

Et il y avait ici un intervalle entre les lignes,
comme si le bonhomme eût laissé tomber sa plume 20
pour rêver quelque temps.

« Quant à moi, je vais bien, sauf un rhume que
j'ai attrapé l'autre jour à la foire d'Yvetot, où j'étais
parti pour retenir un berger, ayant mis le mien
dehors, par suite de sa trop grande délicatesse de 25
bouche. Comme on est à plaindre avec tous ces
brigands-là ! Du reste, c'était aussi un malhonnête.

« J'ai appris d'un colporteur qui, en voyageant
cet hiver par votre pays, s'est fait arracher une dent,
que Bovary travaillait toujours dur. Ça ne m'étonne 30
pas, et il m'a montré sa dent ; nous avons pris un

---

• **La lettre du père Rouault**
Sans introduire aucune faute d'orthographe ni de syntaxe, Flaubert a réussi à donner à cette lettre d'un homme simple un
incontestable parfum d'authenticité et de chaleur humaine.

①Souligner ce qui traduit avec justesse la mentalité du cultivateur, qu'il s'agisse du cadeau traditionnel ou des soucis de
son exploitation.

②La simplicité du style nuit-elle à la force de l'expression ?
Étudier à cet égard les l. 6-19.

③La façon dont le grand-père de Berthe traduit son affection
pour celle-ci prête-t-elle à sourire ? La petite fille a-t-elle d'ailleurs tenu jusqu'ici beaucoup de place dans le récit de la vie de
ses parents ? Chercher dans la suite du chapitre comment Emma,
troublée sans doute par la tendresse manifestée par son père
pour Berthe, essaie au moins une fois de rattraper ses négligen-
ces passées.

café ensemble. Je lui ai demandé s'il t'avait vue, il
m'a dit que non, mais qu'il avait vu dans l'écurie
deux animaux, d'où je conclus que le métier roule.
Tant mieux, mes chers enfants, et que le bon Dieu      35
vous envoie tout le bonheur imaginable.

« Il me fait deuil de ne pas connaître encore ma
bien-aimée petite-fille Berthe Bovary. J'ai planté
pour elle, dans le jardin, sous ta chambre, un pru-
nier de prunes d'avoine, et je ne veux pas qu'on y      40
touche, si ce n'est pour lui faire plus tard des com-
potes, que je garderai dans l'armoire, à son intention, quand elle viendra.

« Adieu, mes chers enfants. Je t'embrasse, ma
fille, vous aussi mon gendre, et la petite, sur les deux      45
joues.

        « Je suis, avec bien des compliments,
              « Votre tendre père,
                    « THÉODORE ROUAULT. »

Elle resta quelques minutes à tenir entre ses doigts      50
ce gros papier. Les fautes d'orthographe s'y enla-
çaient les unes aux autres, et Emma poursuivait la
pensée douce qui caquetait tout au travers comme
une poule à demi cachée dans une haie d'épines. On
avait séché l'écriture avec les cendres du foyer, car      55
un peu de poussière grise glissa de la lettre sur sa
robe, et elle crut presque apercevoir son père se
courbant vers l'âtre pour saisir les pincettes. Comme
il y avait longtemps qu'elle n'était plus auprès de
lui, sur l'escabeau dans la cheminée, quand elle fai-      60
sait brûler le bout d'un bâton à la grande flamme
des joncs marins qui pétillaient !... Elle se rappela
des soirs d'été tout pleins de soleil. Les poulains
hennissaient quand on passait, et galopaient, galopaient... Il y avait sous sa fenêtre une ruche à miel,      65
et quelquefois les abeilles, tournoyant dans la
lumière, frappaient contre les carreaux comme des
balles d'or rebondissantes. Quel bonheur dans ce

temps-là ! quelle liberté ! quel espoir ! quelle abondance d'illusions ! Il n'en restait plus maintenant ! 70
Elle en avait dépensé à toutes les aventures de son
âme, par toutes les conditions successives, dans la
virginité, dans le mariage et dans l'amour ; — les
perdant ainsi continuellement le long de sa vie,
comme un voyageur qui laisse quelque chose de sa 75
richesse à toutes les auberges de la route.

Mais qui donc la rendait si malheureuse ? Où était
la catastrophe extraordinaire qui l'avait bouleversée ? Et elle releva la tête, regardant autour d'elle,
comme pour chercher la cause de ce qui la faisait 80
souffrir.

Un rayon d'avril chatoyait sur les porcelaines de
l'étagère ; le feu brûlait ; elle sentait sous ses pantoufles la douceur du tapis ; le jour était blanc,
l'atmosphère tiède, et elle entendit son enfant qui 85
poussait des éclats de rire.

En effet, la petite fille se roulait alors sur le gazon,
au milieu de l'herbe qu'on fanait. Elle était couchée
à plat ventre, au haut d'une meule. Sa bonne la
retenait par la jupe. Lestiboudois ratissait à côté et 90
chaque fois qu'il s'approchait, elle se penchait en
battant l'air de ses deux bras.

— Amenez-la-moi ! dit sa mère, se précipitant
pour l'embrasser. Comme je t'aime, ma pauvre
enfant ! comme je t'aime ! 95

Puis, s'apercevant qu'elle avait le bout des oreilles
un peu sale, elle sonna vite pour avoir de l'eau
chaude et la nettoya, la changea de linge, de bas, de
souliers, fit mille questions sur sa santé, comme au
retour d'un voyage, et, enfin, la baisant encore et 100
pleurant un peu, elle la remit aux mains de la domestique, qui restait fort ébahie devant cet excès de
tendresse.

Rodolphe, le soir, la trouva plus sérieuse que d'habitude. 105

— Cela se passera, jugea-t-il ; c'est un caprice.

Et il manqua consécutivement à trois rendez-vous.
Quand il revint, elle se montra froide et presque
dédaigneuse.

— Ah ! tu perds ton temps, ma mignonne...   110

Et il eut l'air de ne pas remarquer ses soupirs
mélancoliques, ni le mouchoir qu'elle tirait.

C'est alors qu'Emma se repentit !

Elle se demanda même pourquoi donc elle exécrait
Charles, et s'il n'eût pas été meilleur de le pouvoir 115
aimer. Mais il n'offrait pas grande prise à ces retours
du sentiment, si bien qu'elle demeurait fort embarrassée dans sa velléité de sacrifice, lorsque l'apothicaire vint à propos lui fournir une occasion.

*Il s'agit d'une nouvelle méthode pour guérir les pieds-
bots. Homais, fanatique partisan du progrès, imagine de
faire opérer Hippolyte, le valet d'écurie de l'auberge du*
Lion d'or, *par Bovary, et, pour convaincre l'officier de
santé, il cherche l'appui d'Emma. Comptant sur l'éclat de
cette opération pour avoir une raison d'estimer son mari
à défaut de l'aimer, celle-ci joint ses efforts à ceux du
pharmacien. Charles se laisse finalement persuader et se
plonge dans des manuels d'anatomie pathologique. Mais
il faut une conjuration générale pour amener le pauvre
Hippolyte à accepter l'opération. Le jour venu, celle-ci se
déroule avec une facilité déconcertante : Bovary sectionne
le tendon d'Achille, puis enserre étroitement la jambe dans
un* moteur mécanique, *c'est-à-dire une espèce de lourde
boîte confectionnée par le menuisier. Revenu chez lui, il
est accueilli avec chaleur par Emma et « la soirée fut
charmante, pleine de causeries, de rêves en commun ». Ils
étaient déjà au lit quand arrive Homais pour leur lire
l'article qu'il destine au* Fanal de Rouen *et dans lequel il
célèbre en termes dithyrambiques l'opération du pied-bot.*

### SUITES MALENCONTREUSES D'UNE OPÉRATION

Ce qui n'empêcha pas que, cinq jours après, la
mère Lefrançois n'arrivât tout effarée en s'écriant :

— Au secours ! il se meurt !... j'en perds la tête !

Charles se précipita vers le *Lion d'or*, et le pharmacien, qui l'aperçut passant sur la place, sans cha-        5
peau, abandonna la pharmacie. Il parut lui-même,
haletant, rouge, inquiet, et demandant à tous ceux
qui montaient l'escalier :

— Qu'a donc notre intéressant stréphopode ?

Il se tordait, le stréphopode, dans des convulsions      10
atroces, si bien que le moteur mécanique où était
enfermée sa jambe frappait contre la muraille à la
défoncer.

*La boîte ouverte, « l'on vit un spectacle affreux ».*
*Quelques heures de répit à l'air libre améliorent l'état des*
*chairs. « Mais à peine l'œdème eut-il un peu disparu que*
*les deux savants jugèrent à propos de rétablir le membre*
*dans l'appareil, et en l'y serrant davantage, pour accélérer*
*les choses. » Le malheureux Hippolyte souffre de plus en*
*plus. La gangrène apparaît et, malgré potions et cataplas-*
*mes, gagne inexorablement. Enfin, Mme Lefrançois, avec*
*l'accord de Bovary, fait appeler le docteur Canivet, de*
*Neuchâtel. « Docteur en médecine, âgé de cinquante ans,*
*jouissant d'une bonne position et sûr de lui-même, le*
*confrère ne se gêna pas pour rire dédaigneusement lors-*
*qu'il découvrit cette jambe gangrenée jusqu'au genou.*
*Puis, ayant déclaré net qu'il fallait amputer, il s'en alla*
*chez le pharmacien déblatérer contre les ânes qui avaient*
*pu réduire un malheureux homme en un tel état. » L'am-*
*putation a lieu à l'auberge même, tout le bourg étant aux*
*aguets. Seul Bovary reste tapi dans sa maison. Il a beau*
*mettre cet échec sur le compte de la fatalité, il envisage*
*avec terreur les conséquences de cette opération manquée.*

Il se voyait déshonoré, ruiné, perdu ! Et son imagination, assaillie par une multitude d'hypothèses,
ballottait au milieu d'elles commè un tonneau vide
emporté à la mer et qui roule sur les flots.

Emma, en face de lui, le regardait ; elle ne par-        15
tageait pas son humiliation, elle en éprouvait une

autre : c'était de s'être imaginé qu'un pareil homme
pût valoir quelque chose, comme si vingt fois déjà
elle n'avait pas suffisamment aperçu sa médiocrité.

Charles se promenait de long en large, dans sa    20
chambre. Ses bottes craquaient sur le parquet.

— Assieds-toi, dit-elle, tu m'agaces !

Il se rassit.

Comment donc avait-elle fait (elle qui était si intel-
ligente !) pour se méprendre encore une fois ? Du    25
reste, par quelle déplorable manie avoir ainsi abîmé
son existence en sacrifices continuels ? Elle se rappela tous ses instincts de luxe, toutes les privations
de son âme, les bassesses du mariage, du ménage,
ses rêves tombant dans la boue comme des hiron-    30
delles blessées, tout ce qu'elle avait désiré, tout ce
qu'elle s'était refusé, tout ce qu'elle aurait pu avoir !
Et pourquoi, pourquoi ?

Au milieu du silence qui emplissait le village, un
cri déchirant traversa l'air. Bovary devint pâle à    35
s'évanouir. Elle fronça les sourcils d'un geste nerveux, puis continua. C'était pour lui, cependant,
pour cet être, pour cet homme qui ne comprenait
rien, qui ne sentait rien ! Car il était là, tout tranquillement, et sans même se douter que le ridicule    40
de son nom allait désormais la salir comme lui. Elle
avait fait des efforts pour l'aimer, et elle s'était
repentie en pleurant d'avoir cédé à un autre.

— Mais c'était peut-être un valgus[1] ? s'exclama
soudain Bovary, qui méditait.    45

Au choc imprévu de cette phrase tombant sur sa
pensée comme une balle de plomb dans un plat
d'argent, Emma tressaillant leva la tête pour deviner
ce qu'il voulait dire ; et ils se regardèrent silencieusement, presque ébahis de se voir, tant ils étaient    50
par leur conscience éloignés l'un de l'autre. Charles

---

1. Déviation du pied en dehors. Bovary avait cru à l'existence d'un
équin, déformation différente du *valgus*.

la considérait avec le regard trouble d'un homme
ivre, tout en écoutant, immobile, les derniers cris de
l'amputé qui se suivaient en modulations traînantes,
coupées de saccades aiguës, comme le hurlement      55
lointain de quelque bête qu'on égorge. Emma mordait ses lèvres blêmes, et, roulant entre ses doigts un
des brins du polypier qu'elle avait cassé, elle fixait
sur Charles la pointe ardente de ses prunelles, comme
deux flèches de feu prêtes à partir. Tout en lui        60
l'irritait maintenant, sa figure, son costume, ce qu'il
ne disait pas, sa personne entière, son existence enfin.
Elle se repentait, comme d'un crime, de sa vertu
passée, et ce qui en restait encore s'écroulait sous
les coups furieux de son orgueil. Elle se délectait    65
dans toutes les ironies mauvaises de l'adultère triom-
phant. Le souvenir de son amant revenait à elle avec
des attractions vertigineuses ; elle y jetait son âme,
emportée vers cette image par un enthousiasme nouveau ; et Charles lui semblait aussi détaché de sa    70

---

• **Un tournant décisif**

Tandis que Charles pense à l'avenir immédiat, en envisageant
vaguement toutes sortes de catastrophes (l. 14-17), Emma revient
sur son passé.

①Les reproches que s'adresse Emma (l. 18-36) la visent-ils
seulement elle-même ?

②Le lecteur a-t-il trouvé dans le roman beaucoup de témoignages de ses *sacrifices continuels* ?

③Comment le mouvement du paragraphe (l. 27-36) renforce-
t-il l'expression des griefs d'Emma ?

④Que contient donc cette exclamation de Charles (l. 47-48)
pour produire un tel effet, à la fois physique et moral ?

⑤Montrer le contraste existant entre les termes employés pour
peindre l'élan qui emporte la femme vers son amant et ceux
qui rendent l'image qu'elle se fait maintenant de son mari.

⑥L'épisode final (l. 84-99) n'illustre-t-il pas bien le jugement
d'Emma sur « cet homme qui ne comprenait rien, qui ne sentait
rien » (l. 40-42) ?

vie, aussi absent pour toujours, aussi impossible et anéanti que s'il allait mourir et qu'il eût agonisé sous ses yeux.

Il se fit un bruit de pas sur le trottoir. Charles regarda ; et, à travers la jalousie baissée, il aperçut au bord des halles, en plein soleil, le docteur Canivet qui s'essuyait le front avec son foulard. Homais, derrière lui, portait à la main une grande boîte rouge, et ils se dirigeaient tous les deux du côté de la pharmacie.

Alors, par tendresse subite et découragement, Charles se tourna vers sa femme en lui disant :

— Embrasse-moi donc, ma bonne !

— Laisse-moi ! fit-elle, toute rouge de colère.

— Qu'as-tu ? qu'as-tu ? répétait-il stupéfait. Calme-toi ! reprends-toi ! Tu sais bien que je t'aime... viens !

— Assez ! s'écria-t-elle d'un air terrible.

Et, s'échappant de la salle, Emma ferma la porte si fort, que le baromètre bondit de la muraille et s'écrasa par terre.

Charles s'affaissa dans son fauteuil, bouleversé, cherchant ce qu'elle pouvait avoir, imaginant une maladie nerveuse, pleurant, et sentant vaguement circuler autour de lui quelque chose de funeste et d'incompréhensible.

Quand Rodolphe, le soir, arriva dans le jardin il trouva sa maîtresse qui l'attendait au bas du perron, sur la première marche. Ils s'étreignirent, et toute leur rancune se fondit comme une neige sous la chaleur de ce baiser.

*Leur liaison reprend, plus ardente encore. Emma devient prodigue. Elle comble Rodolphe de cadeaux et Lheureux encourage ses caprices, car il a deviné sa liaison et y voit un moyen de chantage efficace. Un jour enfin, il présente une facture énorme qu'Emma aurait été bien embarrassée de payer si, inopinément, n'avaient été apportés quinze napoléons, honoraires dûs au médecin. Emma se les*

*approprie et règle la facture. Cependant, Rodolphe se lasse*
*de l'idéalisme exalté d'Emma, dont il ne saisit pas la*
*sincérité, et change de manières avec elle : « Il jugea toute*
*pudeur incommode et la traita sans façon. Il en fit quelque*
*chose de souple et de corrompu. » Sa maîtresse ne s'en*
*attache que plus à lui et affecte maintenant en public des*
*façons provocantes. Après une scène violente avec sa belle-*
*mère, elle demande à Rodolphe éberlué de l'enlever et,*
*lors des rendez-vous suivants, revient inlassablement sur*
*cette idée.*

### RÊVES TOUCHANTS, RÊVES FOUS

— Hein ! quand nous serons dans la malle-
poste !... Y songes-tu ? Est-ce possible ? Il me semble qu'au moment où je sentirai la voiture s'élancer,
ce sera comme si nous montions en ballon, comme
si nous partions vers les nuages. Sais-tu que je            5
compte les jours ?... Et toi ?
   Jamais Mme Bovary ne fut aussi belle qu'à cette
époque ; elle avait cette indéfinissable beauté qui
résulte de la joie, de l'enthousiasme, du succès, et
qui n'est que l'harmonie du tempérament avec les        10
circonstances. Ses convoitises, ses chagrins, l'expérience du plaisir et ses illusions toujours jeunes,
comme font aux fleurs le fumier, la pluie, les vents
et le soleil, l'avaient par gradation développée, et
elle s'épanouissait enfin dans la plénitude de sa        15
nature. Ses paupières semblaient taillées tout exprès
pour ses longs regards amoureux où la prunelle se
perdait, tandis qu'un souffle fort écartait ses narines
minces et relevait le coin charnu de ses lèvres,
qu'ombrageait à la lumière un peu de duvet noir.        20
On eût dit qu'un artiste habile en corruptions avait
disposé sur sa nuque la torsade de ses cheveux : ils
s'enroulaient en une masse lourde, négligemment, et
selon les hasards de l'adultère, qui les dénouait tous

les jours. Sa voix, maintenant, prenait des inflexions  25
plus molles, sa taille aussi ; quelque chose de subtil
qui vous pénétrait se dégageait même des draperies
de sa robe et de la cambrure de son pied. Charles,
comme aux premiers temps de son mariage, la trouvait délicieuse et tout irrésistible.  30

Quand il rentrait au milieu de la nuit, il n'osait
pas la réveiller. La veilleuse de porcelaine arrondissait au plafond une clarté tremblante, et les rideaux
fermés du petit berceau faisaient comme une hutte
blanche qui se bombait dans l'ombre, au bord du  35
lit. Charles les regardait. Il croyait entendre l'haleine
légère de son enfant. Elle allait grandir maintenant ;
chaque saison, vite, amènerait un progrès. Il la voyait
déjà revenant de l'école à la tombée du jour, tout
rieuse, avec sa brassière tachée d'encre, et portant  40
au bras son panier ; puis il faudrait la mettre en
pension, cela coûterait beaucoup ; comment faire ?
Alors il réfléchissait. Il pensait à louer une petite
ferme aux environs, et qu'il surveillerait lui-même,
tous les matins, en allant voir ses malades. Il en  45
économiserait le revenu, il le placerait à la caisse
d'épargne ; ensuite il achèterait des actions, quelque
part, n'importe où ; d'ailleurs la clientèle augmen-
terait ; il y comptait, car il voulait que Berthe fût
bien élevée, qu'elle eût des talents, qu'elle apprît le  50
piano. Ah ! qu'elle serait jolie, plus tard, à quinze
ans, quand, ressemblant à sa mère, elle porterait,
comme elle, dans l'été, de grands chapeaux de
paille ! On les prendrait de loin pour les deux sœurs.
Il se la figurait travaillant le soir auprès d'eux sous  55
la lumière de la lampe ; elle lui broderait des pantoufles ; elle s'occuperait du ménage ; elle emplirait
toute la maison de sa gentillesse et de sa gaîté. Enfin,
ils songeraient à son établissement : on lui trouverait
quelque brave garçon ayant un état solide ; il la  60
rendrait heureuse ; cela durerait toujours.

Emma ne dormait pas, elle faisait semblant d'être

endormie ; et, tandis qu'il s'assoupissait à ses côtés, elle se réveillait en d'autres rêves.

*Emma commande en secret plusieurs articles de voyage à Lheureux, confirmant ainsi les soupçons de celui-ci. Le projet des deux amants est de gagner l'Italie. Après des délais successifs demandés par Rodolphe, le jour du départ est fixé au lundi 4 septembre. Rodolphe et Emma se retrouvent l'avant-veille une dernière fois. Une douce et tendre émotion les envahit. Bientôt, pourtant, les sentiments de Rodolphe accusent un certain décalage avec ceux d'Emma, sans que celle-ci, perdue dans ses rêves merveilleux, s'en aperçoive. Mais lorsqu'ils se sont séparés, Rodolphe, après une courte lutte intérieure, renonce au voyage projeté... et à Emma : « Car enfin, exclamait-il en gesticulant, je ne peux pas m'expatrier, avoir la charge d'une enfant. » Il se disait ces choses pour s'affermir davantage. « Et d'ailleurs, les embarras, la dépense... Ah ! non, non, mille fois non ! cela eût été trop bête ! » Arrivé chez lui, Rodolphe se dispose à écrire à Emma. L'inspiration lui manquant, il va chercher la boîte à biscuits où il enfermait pêle-mêle livres et souvenirs de femmes. « Ainsi flânant parmi ses souvenirs », il laisse se brouiller en lui l'image d'Emma et, reportant la boîte dans l'armoire, il conclut par ces seuls mots : « Quel tas de blagues !... » Ensuite, il rédige pour Emma une lettre pathétique où, forçant sur les grands sentiments, il tente de camoufler sa dérobade en acte de généreuse sagesse et lui annonce qu'il va « s'enfuir au plus vite afin d'éviter la tentation de la revoir ». Le lendemain après-midi, dissimulant sa lettre dans une corbeille d'abricots, il fait porter le tout à Emma. Celle-ci, stupéfaite de recevoir un jour pareil ce banal cadeau, y découvre la lettre et, l'ayant ouverte, s'enfuit comme une folle en haut de la maison. L'ayant relue en plein égarement, elle s'approche de la fenêtre mansardée et elle allait se jeter dans le vide quand les cris de Charles l'appelant pour le dîner la font reculer. Elle se met à table, souffrant le martyre, et doit entendre Charles rapporter ce qui se dit dans le bourg sur le départ probable de Rodolphe et sur son goût des plaisirs faciles. « Tout à coup, un tilbury bleu passa au grand galop sur la place. Emma poussa un cri et tomba roide par terre, à la ren-*

*verse. » A minuit, une fièvre cérébrale se déclare, et pen-*
*dant quarante-trois jours, Charles, abandonnant ses mala-*
*des, ne la quitta pas. Puis les forces lui reviennent,*
*lentement, avec des hauts et des bas. Charles reste très*
*inquiet, et les soucis d'argent s'ajoutent aux autres.*
*Lheureux surtout profite effrontément du désarroi de*
*Bovary et, en le manœuvrant adroitement, lui fait sous-*
*crire des billets qu'il ne sera jamais à même de payer.*
*Mais l'obsession du rétablissement de sa femme fait vite*
*oublier à Charles les autres inquiétudes. La convalescence*
*d'Emma est longue. Elle passe l'hiver dans une sorte de*
*torpeur, traversée de velléités de retour à la foi et à la*
*pratique religieuse. Mais les livres médiocres que lui*
*recommande l'abbé Bournisien n'ont pas l'effet escompté,*
*ce dont se réjouit fort M. Homais. Les rencontres du curé*
*et du pharmacien auprès d'Emma sont l'occasion de dis-*
*cussions sans fin entre ces deux êtres aussi bornés l'un*
*que l'autre. Un jour enfin, Homais, toujours à l'affût des*
*nouvelles, apprend qu'un illustre ténor, Lagardy, doit se*
*produire au théâtre de Rouen, et il engage Charles à y*
*conduire sa femme pour la distraire. Celle-ci refuse*
*d'abord, alléguant la fatigue et la dépense, puis cède aux*
*instances de Charles. Et les voilà qui arrivent à Rouen*
*pour entendre* Lucie de Lammermoor[1].

## LUCIE DE LAMMERMOOR

Elle se retrouvait dans les lectures de la jeunesse,
en plein Walter Scott. Il lui semblait entendre, à
travers le brouillard, le son des cornemuses écossai-
ses se répéter sur les bruyères. D'ailleurs, le souvenir
du roman facilitant l'intelligence du libretto, elle        5
suivait l'intrigue phrase à phrase, tandis que d'in-
saisissables pensées qui lui revenaient se dispersaient
aussitôt sous les rafales de la musique. Elle se laissait
aller au bercement des mélodies et se sentait elle-

---

1. Opéra de Donizetti, créé à Naples en 1835. L'intrigue s'inspire d'un
roman de W. Scott.

même vibrer de tout son être comme si les archets    10
des violons se fussent promenés sur ses nerfs. Elle
n'avait pas assez d'yeux pour contempler les costumes, les décors, les personnages, les arbres peints
qui tremblaient quand on marchait, et les toques de
velours, les manteaux, les épées, toutes ces imagi-    15
nations qui s'agitaient dans l'harmonie comme dans
l'atmosphère d'un autre monde. Mais une jeune
femme s'avança en jetant une bourse à un écuyer
vert. Elle resta seule, et alors on entendit une flûte
qui faisait comme un murmure de fontaine ou    20
comme des gazouillements d'oiseaux. Lucie entama
d'un air brave sa cavatine[1] en *sol* majeur ; elle se
plaignait d'amour, elle demandait des ailes. Emma,
de même, aurait voulu, fuyant la vie, s'envoler dans
une étreinte. Tout à coup, Edgar Lagardy parut.    25

Il avait une de ces pâleurs splendides qui donnent
quelque chose de la majesté des marbres aux races
ardentes du Midi. Sa taille vigoureuse était prise
dans un pourpoint de couleur brune ; un petit poi-
gnard ciselé lui battait sur sa cuisse gauche, et il    30
roulait des regards langoureusement en découvrant
ses dents blanches. [...]

Dès la première scène, il enthousiasma. Il pressait
Lucie dans ses bras, il la quittait, il revenait, il
semblait désespéré ; il avait des éclats de colère, puis    35
des râles élégiaques d'une douceur infinie, et les
notes s'échappaient de son cou nu, pleines de sanglots et de baisers. Emma se penchait pour le voir,
égratignant avec ses ongles le velours de sa loge. Elle
s'emplissait le cœur de ces lamentations mélodieuses    40
qui se traînaient à l'accompagnement des contrebas-
ses, comme des cris de naufragés dans le tumulte
d'une tempête. Elle reconnaissait tous les enivrements et les angoisses dont elle avait manqué mourir.

---

1. Pièce vocale plus courte qu'une aria.

La voix de la chanteuse ne lui semblait être que le 45
retentissement de sa conscience, et cette illusion qui
la charmait quelque chose même de sa vie. Mais
personne sur la terre ne l'avait aimée d'un pareil
amour. Il ne pleurait pas comme Edgar, le dernier
soir, au clair de lune, lorsqu'ils se disaient : « A 50
demain ; à demain !... » La salle craquait sous les
bravos ; on recommença la strette[1] entière ; les
amoureux parlaient des fleurs de leur tombe, de
serments, d'exil, de fatalité, d'espérances, et, quand
ils poussèrent l'adieu final, Emma jeta un cri aigu, 55
qui se confondit avec la vibration des derniers
accords.

*Tandis que Charles s'embrouille dans l'intrigue « à cause
de la musique qui nuisait beaucoup aux paroles », Emma,
fascinée, vit intensément le drame qui se déroule sur la
scène en y projetant ses propres aspirations déçues. Arrive
l'entracte, et Bovary, en apportant un rafraîchissement à
sa femme, lui annonce que M. Léon, qu'il vient de rencontrer, va lui rendre visite dans sa loge. Un instant après,
l'ancien clerc d'Yonville apparaît. Indifférente dès lors à
ce qui se passe sur la scène, Mme Bovary est reprise par
les doux souvenirs de son intimité passée avec le clerc et
bientôt, prétextant la chaleur, quitte le théâtre avec Léon
et Charles. Ce dernier suggère à sa femme de rester un
jour de plus seule à Rouen pour revoir l'opéra intégrale-
ment. Léon, que son séjour parisien et ses fréquentations
libertines ont enhardi, applaudit à cette idée, comptant
bien en profiter.*

---

1. Phase terminale d'un morceau où le dialogue se fait de plus en plus
serré.

**Emma en prière dans la cathédrale.**
Gravure de E. Abot, d'après Albert Fourié, 1885. Bibliothèque Nationale, Paris. Ph. © Bibl. Nat.
Archives Photeb.

*Résolu à la posséder un jour, Léon va trouver Emma à son hôtel. La conversation, gauche et générale d'abord, s'anime peu à peu. Le clerc joue avec application son rôle d'amoureux inconsolable d'avoir quitté celle qu'il aimait, tandis qu'Emma se cantonne dans des réflexions philoso-phiques sur la misère des affections terrestres et l'éternel isolement où le cœur reste enseveli. L'aveu vient enfin :* « ...je vous ai bien aimée ! », *à quoi Emma, le visage rayonnant, répond :* « Je m'en étais toujours doutée. »

« Alors, ils se racontèrent les petits événements de cette existence lointaine, dont ils venaient de résumer, par un seul mot, les plaisirs et les mélancolies. » *De confidences en caresses, leur entretien se fait plus intime, malgré des sursauts de dignité d'Emma. L'heure du spectacle est oubliée. Enfin, Emma donne congé à Léon, en lui accor-dant toutefois un rendez-vous pour le lendemain, à onze heures, dans la cathédrale. Léon parti, Emma lui écrit longuement pour se dégager du rendez-vous :* « Tout maintenant était fini, et ils ne devaient plus, pour leur bonheur, se rencontrer. » *Mais, n'ayant pas l'adresse de Léon, elle décide de lui remettre cette lettre elle-même au rendez-vous fixé du lendemain. Le clerc, de son côté, fait une toilette soignée et, arrivé bien avant l'heure, attend longuement dans la cathédrale, savourant d'avance le bon-heur qu'il compte trouver avec Emma* « dans l'ineffable séduction de la vertu qui succombe ». *Elle arrive enfin, lui tend sa lettre et va aussitôt se mettre en prière dans la chapelle de la Vierge. Comme elle se relevait, le suisse s'approche et propose la visite de l'édifice. Malgré Léon, Emma accepte* « car elle se raccrochait de sa vertu chan-celante à la Vierge, aux sculptures, aux tombeaux, à toutes les occasions ».

*Léon, exaspéré, subit l'interminable nomenclature débitée par son guide jusqu'au moment où, lui donnant un généreux pourboire, il interrompt la visite et fait appeler un fiacre. Emma hésite à monter, puis cède.* « Où Mon-sieur va-t-il ? demande le cocher. — Où vous voudrez ! dit Léon en poussant Emma dans la voiture. » *Commence*

*alors une promenade hallucinante : à chaque fois que le
cocher, épuisé autant que ses bêtes, s'arrête, la voix
furieuse de Léon le force à repartir. La ville et ses environs
sont parcourus en tous sens.*

De temps à autre, le cocher, sur son siège, jetait
aux cabarets des regards désespérés. Il ne comprenait
pas quelle fureur de la locomotion poussait ces indi-
vidus à ne vouloir point s'arrêter. Il essayait quelquefois, et aussitôt il entendait derrière lui partir des      5
exclamations de colère. Alors il cinglait de plus belle
ses deux rosses tout en sueur, mais sans prendre
garde aux cahots, accrochant par-ci, par-là, ne s'en
souciant, démoralisé, et presque pleurant de soif, de
fatigue et de tristesse.                                        10
Et sur le port, au milieu des camions et des bar-
riques, et dans les rues, au coin des bornes, les
bourgeois ouvraient de grands yeux ébahis devant
cette chose si extraordinaire en province, une voiture
à stores tendus, et qui apparaissait ainsi continuel-           15
lement, plus close qu'un tombeau et ballottée comme
un navire.
Une fois, au milieu du jour, en pleine campagne,
au moment où le soleil dardait le plus fort contre
les vieilles lanternes argentées, une main nue passa      20
sous les petits rideaux de toile jaune et jeta des
déchirures de papier[1], qui se dispersèrent au vent et
s'abattirent plus loin, comme des papillons blancs,
sur un champ de trèfles rouges tout en fleur.
Puis vers six heures, la voiture s'arrêta dans une      25
ruelle du quartier Beauvoisine, et une femme en
descendit qui marchait le voile baissé, sans détourner
la tête[2].

---

1. Ce sont les débris de la lettre qu'elle a remise à Léon.
2. Ce *voyage* dans une guimbarde qui tourne en rond sans but apparaît
comme une amère dérision des rêves d'Emma jeune mariée : « Dans des
chaises de poste, sous des stores de soie bleue, on monte au pas des routes
escarpées, écoutant la chanson du postillon, qui se répète dans la montagne
avec les clochettes des chèvres et le bruit sourd de la cascade. » (I, 7)

*Comme Mme Bovary, revenant de Rouen, arrive à Yonville dans* L'Hirondelle, *Félicité, sa bonne, la prévient qu'elle doit passer tout de suite chez M. Homais. Elle trouve la maison du pharmacien en pleine confusion. Devant la famille assemblée, Homais, au comble de l'indignation, accablait Justin, son jeune commis, qui avait commis le crime de se saisir de la clé du* capharnaüm, *pièce où l'apothicaire rangeait ses réserves de produits, afin d'y prendre une bassine pour la cuisson des confitures. Or cette bassine se trouvait à côté d'un récipient de poudre blanche, marqué* Dangereux, *qui contenait de l'arsenic. Emma entend tout cela, en attendant de savoir pourquoi on l'a fait venir. Et, tout en trouvant de nouveaux motifs de tonner contre Justin, le pharmacien répond enfin aux questions répétées d'Emma par ces seuls mots « Votre beau-père est mort », alors que Charles l'avait prié d'annoncer à sa femme cette nouvelle avec ménagement et que Homais avait longtemps médité une phrase délicate que la colère lui avait fait oublier. Charles est accablé par la mort de son père. Emma affecte par décence une apparence de tristesse. Au bout de quelques jours survient Lheureux, sous le prétexte de fournir des vêtements de deuil. S'entretenant seul à seul avec Emma, il évoque de façon cauteleuse la question des billets souscrits par Charles comme par elle et lance l'idée d'une procuration qui permettrait à Emma d'administrer, sans que Charles s'en mêle, leur fortune commune. Les jours suivants, Lheureux revient obstinément à la charge. Emma retient ses conseils et, à son tour, fait le siège de Charles. Les deux époux conviennent de consulter Léon sur l'intérêt d'une procuration, et Charles s'attendrit sur la bonté d'Emma quand celle-ci propose de se charger d'aller à Rouen voir Léon à ce sujet. Elle reste trois jours dans cette ville : « Ce furent trois jours pleins, exquis, splendides, une vraie lune de miel. Ils étaient à l'*Hôtel de Boulogne, sur le port. Et ils vivaient là, volets fermés, portes closes, avec des fleurs par terre et des sirops à la glace, qu'on leur apportait dès le matin. Vers le soir, ils prenaient une barque et allaient dîner dans une île. »* Après trois journées de cette vie édénique, ils se quittent en convenant de se servir de la mère Rolet, la nourrice, pour correspondre. Une question, pourtant, intrigue*

*Léon : « Mais pourquoi tient-elle si fort à cette procura-*
*tion ? » Un samedi, impatient de revoir sa maîtresse, Léon*
*se rend à Yonville et, rencontrant furtivement Emma,*
*reçoit d'elle l'assurance qu'elle trouvera un moyen de le*
*revoir une fois par semaine. Ce moyen, c'est d'aller à*
*Rouen sous le prétexte d'y prendre une leçon de piano*
*hebdomadaire. Mais pour parvenir à ses fins, il a fallu*
*qu'Emma manœuvrât son mari en comédienne consom-*
*mée. Ainsi, chaque jeudi, elle s'embarque à l'aube dans*
*l'*Hirondelle*, et, après un trajet qui lui semble intermina-*
*ble, « d'un seul coup d'œil, la ville apparaissait ».*

### LES RENDEZ-VOUS À ROUEN

Descendant tout en amphithéâtre et noyée dans le
brouillard, elle s'élargissait au-delà des ponts, confusément. La pleine campagne remontait ensuite
d'un mouvement monotone, jusqu'à toucher au loin
la base indécise du ciel pâle. Ainsi vu d'en haut, le        5
paysage tout entier avait l'air immobile comme une
peinture ; les navires à l'ancre se tassaient dans un
coin ; le fleuve arrondissait sa courbe au pied des
collines vertes, et les îles, de forme oblongue, semblaient sur l'eau de grands poissons noirs arrêtés.          10
Les cheminées des usines poussaient d'immenses
panaches bruns qui s'envolaient par le bout. On
entendait le ronflement des fonderies avec le carillon
clair des églises qui se dressaient dans la brume. Les
arbres des boulevards, sans feuilles, faisaient des      15
broussailles violettes au milieu des maisons, et les
toits, tout reluisants de pluie, miroitaient inégalement, selon la hauteur des quartiers. Parfois un coup
de vent emportait les nuages vers la côte Sainte-
Catherine, comme des flots aériens qui se brisaient    20
en silence contre une falaise.
Quelque chose de vertigineux se dégageait pour
elle de ces existences amassées, et son cœur s'en

gonflait abondamment, comme si les cent vingt mille
âmes qui palpitaient là eussent envoyé toutes à la       25
fois la vapeur des passions qu'elle leur supposait.
Son amour s'agrandissait devant l'espace, et s'emplissait de tumulte aux bourdonnements vagues qui
montaient. Elle le reversait au dehors, sur les places,
sur les promenades, sur les rues, et la vieille cité       30
normande s'étalait à ses yeux comme une capitale
démesurée, comme une Babylone où elle entrait. Elle
se penchait des deux mains par le vasistas, en humant
la brise ; les trois chevaux galopaient. Les pierres
grinçaient dans la boue, la diligence se balançait, et       35
Hivert, de loin, hélait les carrioles sur la route,
tandis que les bourgeois qui avaient passé la nuit au
Bois-Guillaume descendaient la côte tranquillement
dans leur petite voiture de famille.

On s'arrêtait à la barrière ; Emma débouclait ses       40
socques[1], mettait d'autres gants, rajustait son châle,
et, vingt pas plus loin, elle sortait de l'*Hirondelle*.

La ville alors s'éveillait. Des commis, en bonnet
grec, frottaient la devanture des boutiques, et des
femmes qui tenaient des paniers sur la hanche pous-       45
saient par intervalles un cri sonore, au coin des rues.
Elle marchait les yeux à terre, frôlant les murs, et
souriant de plaisir sous son voile noir baissé.

Pas peur d'être vue, elle ne prenait pas ordinairement le chemin le plus court. Elle s'engouffrait dans       50
les ruelles sombres, et elle arrivait tout en sueur vers
le bas de la rue Nationale, près de la fontaine qui
est là. C'est le quartier du théâtre, des estaminets et
des filles. Souvent une charrette passait près d'elle,
portant quelque décor qui tremblait. Des garçons en       55
tablier versaient du sable sur les dalles, entre des
arbustes verts. On sentait l'absinthe, le cigare et les
huîtres.

---

1. Étuis de protection que l'on enfilait par-dessus des chaussures fines
pour les préserver de la boue.

Elle tournait une rue ; elle le reconnaissait à sa
chevelure frisée qui s'échappait de son chapeau.          60

Léon, sur le trottoir, continuait à marcher. Elle le
suivait jusqu'à l'hôtel ; il montait, il ouvrait la porte,
il entrait... Quelle étreinte !

Puis les paroles, après les baisers, se précipitaient.
On se racontait les chagrins de la semaine, les pres-          65
sentiments, les inquiétudes pour les lettres ; mais à
présent tout s'oubliait, et ils se regardaient face à
face, avec des rires de volupté et des appellations de
tendresse.

Le lit était un grand lit d'acajou en forme de          70
nacelle. Les rideaux de levantine rouge, qui descendaient du plafond, se cintraient trop bas près du
chevet évasé ; — et rien au monde n'était beau
comme sa tête brune et sa peau blanche se détachant
sur cette couleur pourpre, quand, par un geste de          75
pudeur, elle fermait ses deux bras nus, en se cachant
la figure dans les mains.

Le tiède appartement, avec son tapis discret, ses
ornements folâtres et sa lumière tranquille, semblait
tout commode pour les intimités de la passion. Les          80
bâtons se terminant en flèche, les patères de cuivre
et les grosses boules de chenets reluisaient tout à
coup, si le soleil entrait. Il y avait sur la cheminée,
entre les candélabres, deux de ces grandes coquilles
roses où l'on entend le bruit de la mer quand on les          85
applique à son oreille.

Comme ils aimaient cette bonne chambre pleine
de gaieté, malgré sa splendeur un peu fanée ! Ils
retrouvaient toujours les meubles à leur place, et
parfois des épingles à cheveux qu'elle avait oubliées,          90
l'autre jeudi, sous le socle de la pendule. Ils déjeu-
naient au coin du feu, sur un petit guéridon incrusté
de palissandre. Emma découpait, lui mettait les morceaux dans son assiette en débitant toutes sortes de
chatteries ; et elle riait d'un rire sonore et libertin          95
quand la mousse du vin de Champagne débordait

du verre léger sur les bagues de ses doigts. Ils étaient
si complètement perdus en la possession d'eux-
mêmes, qu'ils se croyaient là dans leur maison particulière, et devant y vivre jusqu'à la mort, comme     100
deux éternels jeunes époux. Ils disaient notre chambre, notre tapis, nos fauteuils, même elle disait mes
pantoufles, un cadeau de Léon, une fantaisie qu'elle
avait eue. C'étaient des pantoufles en satin rose,
bordées de cygne. Quand elle s'asseyait sur ses        105
genoux, sa jambe, alors trop courte, pendait en
l'air ; et la mignarde chaussure, qui n'avait pas de
quartier, tenait seulement par les orteils à son pied
nu.

Il savourait pour la première fois l'inexprimable    110
délicatesse des élégances féminines. Jamais il n'avait
rencontré cette grâce de langage, cette réserve du
vêtement, ces poses de colombe assoupie. Il admirait
l'exaltation de son âme et les dentelles de sa jupe.
D'ailleurs, n'était-ce pas *une femme du monde*, et   115
une femme mariée ! une vraie maîtresse enfin ?

Par la diversité de son humeur, tour à tour mystique ou joyeuse, babillarde, taciturne, emportée,
nonchalante, elle allait rappelant en lui mille désirs,
évoquant des instincts ou des réminiscences. Elle     120
était l'amoureuse de tous les romans, l'héroïne de
tous les drames, le vague *elle* de tous les volumes de
vers. Il retrouvait sur ses épaules la couleur ambrée
de l'*Odalisque au bain* ; elle avait le corsage long
des châtelaines féodales ; elle ressemblait aussi à la  125
*Femme pâle de Barcelone*, mais elle était par-dessus
tout Ange !

Souvent, en la regardant, il lui semblait que son
âme, s'échappant vers elle, se répandait comme une
onde sur le contour de sa tête, et descendait entraî-  130
née dans la blancheur de sa poitrine.

Il se mettait par terre, devant elle ; et, les deux
coudes sur les genoux, il la considérait avec un
sourire, et le front tendu.

Elle se penchait vers lui et murmurait, comme 135
suffoquée d'enivrement :

— Oh ! ne bouge pas ! ne parle pas ! regarde-
moi ! Il sort de tes yeux quelque chose de si doux,
qui me fait tant de bien !

Elle l'appelait enfant :                                   140

— Enfant, m'aimes-tu ?

Et elle n'entendait guère sa réponse, dans la pré-
cipitation de ses lèvres qui lui montaient à la bouche.

Il y avait sur la pendule un petit Cupidon de
bronze, qui minaudait en arrondissant les bras sous 145
une guirlande dorée. Ils en rirent bien des fois ;

---

- **Le vertige de la grande ville**

  ①(l. 1-21) Étudier dans ce paragraphe l'art de la description.
  Montrer en particulier le contraste créé entre *l'air immobile* du
  paysage dans les l. 5-10 et la façon dont il s'anime (sons et
  mouvements) dans la seconde partie.

  ②(l. 22-39) Une sensation unanimiste saisit Emma quand elle
  plonge au sein de la cité.
  a) Chercher les termes expressifs qui rendent l'aspect physique
  de cette sensation.
  b) Emma ne vivant plus que pour l'amour, à quelle illusion se
  laisse-t-elle entraîner ici ?

- **Le bonheur parfait**
  Jusqu'au moment de la séparation, aucune fausse note ne vient
  gâter la plénitude du bonheur des amants. Le temps est, en
  quelque sorte, suspendu, et eux-mêmes se sentent comme fixés
  dans une éternelle jeunesse (l. 64-153).

  ①Montrer comment tous les traits descriptifs de l'appartement, si variés qu'ils soient, concourent à faire naître l'image
  d'un paradis pour *les intimités de la passion*, mais d'une *passion*
  que rehausse encore une ambiance de félicité conjugale.

  ②L'héroïne idéale : souligner la variété des touches qui
  composent le portrait d'Emma telle que la voit Léon. Pourquoi
  le jeune homme la rapproche-t-il de femmes célébrées dans la
  littérature ou dans l'art (l. 120-127) ?

  ③Le clerc, personnalité médiocre en elle-même, n'apparaît-il
  pas ici comme élevé au-dessus de lui-même par la grâce de
  l'amour ?

mais, quand il fallait se séparer, tout leur semblait
sérieux.

Immobiles l'un devant l'autre, ils se répétaient :
— A jeudi !... A jeudi !...

Tout à coup elle lui prenait la tête dans les deux
mains, la baisait vite au front en s'écriant :
« Adieu ! » et s'élançait dans l'escalier.

Elle allait rue de la Comédie, chez un coiffeur, se
faire arranger ses bandeaux. La nuit tombait ; on
allumait le gaz dans la boutique.

Elle entendait la clochette du théâtre qui appelait
les cabotins à la représentation ; et elle voyait, en
face, passer des hommes à figure blanche et des
femmes en toilette fanée, qui entraient par la porte
des coulisses.

Il faisait chaud dans ce petit appartement trop
bas, où le poêle bourdonnait au milieu des perruques
et des pommades. L'odeur des fers, avec ces mains
grasses qui lui maniaient la tête, ne tardait pas à
l'étourdir, et elle s'endormait un peu sous son pei-
gnoir. Souvent le garçon, en la coiffant, lui proposait des billets pour le bal masqué.

Puis elle s'en allait ! Elle remontait les rues ; elle
arrivait à la *Croix-Rouge* ; elle reprenait ses socques,
qu'elle avait cachés le matin sous une banquette, et
se tassait à sa place, parmi les voyageurs impatientés.
Quelques-uns descendaient au bas de la côte. Elle
restait seule dans la voiture.

A chaque tournant, on apercevait de plus en plus
tous les éclairages de la ville qui faisaient une large
vapeur lumineuse au-dessus des maisons confon-
dues. Emma se mettait à genoux sur les coussins, et
elle égarait ses yeux dans cet éblouissement. Elle
sanglotait, appelait Léon, et lui envoyait des paroles
tendres, et des baisers qui se perdaient au vent.

Il y avait dans la côte un pauvre diable vagabon-
dant avec son bâton, tout au milieu des diligences.
Un amas de guenilles lui recouvrait les épaules, et

*aveugle*
*Hefe*
*blind*

un vieux castor défoncé, s'arrondissant en cuvette,  185
lui cachait la figure ; mais, quand il le retirait, il
découvrait à la place des paupières, deux orbites
béantes tout ensanglantées. La chair s'effiloquait par
lambeaux rouges ; et il en coulait des liquides qui se
figeaient en gales vertes jusqu'au nez, dont les nari-  190
nes noires reniflaient convulsivement. Pour vous
parler, il se renversait la tête avec un rire idiot ; —
alors ses prunelles bleuâtres, roulant d'un mouvement continu, allaient se cogner, vers les tempes, sur
le bord de la plaie vive.  195

Il chantait une petite chanson en suivant les voitures :

> *Souvent la chaleur d'un beau jour*
> *Fait rêver fillette à l'amour.*  200

Et il y avait dans tout le reste des oiseaux, du
soleil et du feuillage.

Quelquefois, il apparaissait tout à coup derrière
Emma, tête nue. Elle se retirait avec un cri. Hivert
venait le plaisanter. Il l'engageait à prendre une  205
baraque à la foire Saint-Romain, ou bien lui demandait, en riant, comment se portait sa bonne amie.

Souvent, on était en marche, lorsque son chapeau,
d'un mouvement brusque, entrait dans la diligence
par le vasistas, tandis qu'il se cramponnait, de l'au-  210
tre bras, sur le marchepied, entre l'éclaboussure des
roues. Sa voix, faible d'abord et vagissante, devenait
aiguë. Elle se traînait dans la nuit, comme l'indistincte lamentation d'une vague détresse ; et, à travers la sonnerie des grelots, le murmure des arbres  215
et le ronflement de la boîte creuse, elle avait quelque
chose de lointain qui bouleversait Emma. Cela lui
descendait au fond de l'âme comme un tourbillon
dans un abîme, et l'emportait parmi les espaces d'une
mélancolie sans bornes. Mais Hivert, qui s'aperce-  220

vait d'un contre-poids, allongeait à l'aveugle de grands coups avec son fouet. La mèche le cinglait sur ses plaies et il tombait dans la boue en poussant un hurlement.

*Quand Emma arrive, tard dans la soirée, à Yonville, ni sa fille ni son mari ne semblent compter pour elle, non plus que l'adoration muette de Justin, toujours prêt à quitter la maison des Homais pour la servir. « La journée du lendemain était affreuse, et les suivantes plus intolérables encore par l'impatience qu'avait Emma de ressaisir son bonheur — convoitise âpre enflammée d'images connues, et qui, le septième jour, éclatait tout à l'aise dans les caresses de Léon. » Mais le tissu de mensonges dont s'était entourée Emma pour dissimuler ses rendez-vous reçoit plusieurs accrocs, le plus grave étant que Lheureux l'aperçoit sortant de l'*Hôtel de Boulogne au bras de Léon. « ...Trois jours après, il entra dans sa chambre, ferma la porte et dit : — J'aurais besoin d'argent. » De longues tractations s'ensuivent et, bientôt, grâce à la procuration*

---

• **Loin du paradis perdu**
  A peine les amants se sont-ils séparés que la laideur du monde assaille Emma malgré ses efforts pour retenir son bonheur (l. 178-181).
  a) les cabotins (l. 157-161) : leur apparence n'est-elle pas en accord avec ce terme méprisant ?
  b) le salon de coiffure : comparer l'impression qui s'en dégage avec celle qui donnait la description de la chambre que vient de quitter Emma.
  c) l'aveugle : pourquoi Flaubert décrit-il avec cette impitoyable minutie la figure hideuse du malheureux (l. 184-195) ?
  Imaginer les réflexions d'Emma quand elle l'entend chanter. Quel effet peut produire cette alliance d'un physique repoussant et d'une chansonnette qui célèbre l'amour ?
  Dans le dernier paragraphe (l. 206-223), montrer comment Flaubert amène le lecteur à voir là une sorte d'apparition infernale qui terrorise Emma jusqu'à ce que les coups de fouet interrompent la scène avec une brutalité sauvage.
  d) (l. 216-219) Pourquoi l'auteur a-t-il choisi de créer un contraste si radical avec la béatitude des rendez-vous ?

*que Charles lui a donnée, Emma fait vendre par Lheureux,*
*à l'insu de son mari, une maison dont il avait hérité, puis,*
*éblouie par l'argent frais que lui propose avec perfidie le*
*marchand de nouveautés, elle signe billet sur billet. Cepen-*
*dant, l'un d'eux est présenté à Charles un jeudi en l'ab-*
*sence d'Emma, et il faut qu'elle déploie à son retour toutes*
*ses chatteries pour apaiser son mari qui, manquant d'ar-*
*gent, emprunte au même Lheureux et s'engage lui aussi*
*en signant deux billets, dont un de sept cents francs,*
*payables dans trois mois. Mme Bovary mère, suppliée par*
*son fils de les aider, arrive à Yonville, se récrie devant le*
*détail des factures et arrache à son fils la promesse d'an-*
*nuler la procuration donnée à Emma. Une scène violente*
*oppose les deux femmes. Charles prenant la défense*
*d'Emma, sa mère s'en va, ulcérée. Quant à la procuration,*
*Emma se fait longtemps prier par son mari avant de*
*consentir à la reprendre... Sa conduite devient de plus en*
*plus fantasque. Elle n'a d'égards ni pour Charles ni pour*
*sa fille, part pour Rouen quand l'envie lui en prend et va*
*relancer Léon à son étude, bien que le notaire voie d'un*
*très mauvais œil son clerc engagé dans une pareille liaison.*
*Mais Emma a subjugué le jeune homme :* « *Il ne discutait*
*pas ses idées ; il acceptait tous ses goûts ; il devenait sa*
*maîtresse plutôt qu'elle n'était la sienne.* » *Un jeudi pour-*
*tant, les choses tournent mal. Léon, ayant voulu rendre*
*la politesse à Homais, l'a invité à déjeuner. Mais dès*
*l'arrivée de l'*Hirondelle *à Rouen, le pharmacien, émous-*
*tillé, accapare Léon et, malgré le désespoir de celui-ci, ne*
*le lâche pas de la journée. Quand le clerc, enfin libre, court*
*à l'*Hôtel de Boulogne, *sa maîtresse n'y est plus.*

### DÉCLIN D'UNE PASSION

Elle venait de partir, exaspérée. Elle le détestait
maintenant. Ce manque de parole au rendez-vous
lui semblait un outrage, et elle cherchait encore d'autres raisons pour s'en détacher ; il était incapable
d'héroïsme, faible, banal, plus mou qu'une femme,          5
avare, d'ailleurs, et pusillanime.

Puis, se calmant, elle finit par découvrir qu'elle l'avait sans doute calomnié. Mais le dénigrement de ceux que nous aimons, toujours nous en détache quelque peu. Il ne faut pas toucher aux idoles : la dorure en reste aux mains.

Ils en vinrent à parler plus souvent de choses indifférentes à leur amour ; et, dans les lettres qu'Emma lui envoyait, il était question de fleurs, de vers, de la lune et des étoiles, ressources naïves d'une passion affaiblie, qui essayait de s'aviver à tous les secours extérieurs. Elle se promettait continuellement, pour son prochain voyage, une félicité profonde ; puis elle s'avouait ne rien sentir d'extraordinaire. Cette déception s'effaçait vite sous un espoir nouveau, et Emma revenait à lui plus enflammée, plus avide. Elle se déshabillait brutalement, arrachant le lacet mince de son corset, qui sifflait autour de ses hanches comme une couleuvre qui glisse. Elle allait sur la pointe de ses pieds nus regarder encore une fois si la porte était fermée, puis elle faisait d'un seul geste tomber ensemble tous ses vêtements ; et, pâle, sans parler, sérieuse, elle s'abattait contre sa poitrine, avec un long frisson.

Cependant, il y avait sur ce front couvert de gouttes froides, sur ces lèvres balbutiantes, dans ces prunelles égarées, dans l'étreinte de ces bras, quelque chose d'extrême, de vague et de lugubre, qui semblait à Léon se glisser entre eux, subtilement, comme pour les séparer.

*Et les soucis d'argent, qu'Emma s'efforçait de reléguer loin de sa pensée, reviennent en force. Le prêteur Lheureux a un complice, le banquier Vinçart, à l'ordre de qui il passe ses billets et qui se charge de poursuivre à sa place les débiteurs récalcitrants. Un billet de sept cents francs est donc présenté à Mme Bovary qui, incapable de payer, demande un délai d'une semaine. Mais, dès le lendemain,*

*elle reçoit une sommation d'huissier et, effrayée, accourt*
*chez Lheureux qui lui avait promis de ne jamais faire*
*circuler ses billets. Il la reçoit sèchement, puis, pour ache-*
*ver de la perdre, lui fait signer quatre billets de deux cent*
*cinquante francs, espacés les uns les autres à un mois*
*d'échéance.*

*Emma cherche alors désespérément à se procurer de*
*l'argent. A l'insu de Charles, elle se fait payer des*
*honoraires dûs à celui-ci, vend de vieux objets, emprunte*
*à tout le monde et s'engage toujours davantage, incapable*
*de mesurer le montant de ses dettes. Cette espèce de folie*
*rend l'atmosphère de la maison lugubre, autant pour Ber-*
*the que pour Charles, qui n'en reste pas moins indéfectible*
*dans son amour pour sa femme.*

*Celle-ci réserve maintenant ses prodigalités pour les ren-*
*dez-vous avec Léon, qui, de son côté, commence à s'in-*
*quiéter, d'autant plus que le notaire chez qui il travaille,*
*voyant durer cette aventure, l'a longuement sermonné.*
*Leur liaison, cependant, continue encore par habitude et,*
*le soir de la mi-Carême, Emma reste à Rouen en se jetant*
*à corps perdu dans la frénésie du bal masqué. Après avoir*
*passé la fin de la nuit à souper sur le port avec Léon en*
*compagnie plus que douteuse, elle revient à Yonville en*
*fin d'après-midi.*


COMME UNE BÊTE AUX ABOIS


En rentrant chez elle, Félicité lui montra derrière
la pendule un papier gris. Elle lut :

« En vertu de la grosse, en forme exécutoire d'un
jugement... »

Quel jugement ? La veille, en effet, on avait          5
apporté un autre papier qu'elle ne connaissait pas ;
aussi fut-elle stupéfaite de ces mots :

« Commandement, de par le roi, la loi et justice,
à madame Bovary... »

Alors, sautant plusieurs lignes, elle aperçut :        10

« Dans vingt-quatre heures pour tout délai. » —

Quoi donc ? « Payer la somme totale de huit mille francs. » Et même, il y avait plus bas : « Elle y sera contrainte par toute voie de droit, et notamment par la saisie exécutoire de ses meubles et effets. »

Que faire ?... C'était dans vingt-quatre heures ; demain ! Lheureux, pensa-t-elle, voulait sans doute l'effrayer encore ; car elle devina du coup toutes ses manœuvres, le but de ses complaisances. Ce qui la rassurait, c'était l'exagération de la somme.

Cependant, à force d'acheter, de ne pas payer, d'emprunter, de souscrire des billets, puis de renouveler ces billets, qui s'enflaient à chaque échéance nouvelle, elle avait fini par préparer au sieur Lheureux un capital, qu'il attendait impatiemment pour ses spéculations.

Elle se présenta chez lui d'un air dégagé.

— Vous savez ce qui m'arrive ? C'est une plaisanterie, sans doute !

— Non.

— Comment cela ?

Il se détourna lentement, et lui dit en se croisant les bras :

— Pensiez-vous, ma petite dame, que j'allais, jusqu'à la consommation des siècles, être votre fournisseur et banquier pour l'amour de Dieu ? Il faut bien que je rentre dans mes déboursés, soyons justes !

Elle se récria sur la dette.

— Ah ! tant pis ! le tribunal l'a reconnue ! Il y a jugement ! On vous l'a signifié ! D'ailleurs, ce n'est pas moi, c'est Vinçart.

— Est-ce que vous ne pourriez... ?

— Oh ! rien du tout.

— Mais..., cependant..., raisonnons.

Et elle battit la campagne ; elle n'avait rien su... c'était une surprise.

— A qui la faute ? dit Lheureux en saluant ironiquement. Tandis que je suis, moi, à bûcher comme un nègre, vous vous repassez du bon temps.          50

— Ah ! pas de morale !

— Ça ne nuit jamais, répliqua-t-il.

Elle fut lâche, elle le supplia ; et même elle appuya sa jolie main blanche et longue sur les genoux du marchand.          55

— Laissez-moi donc ! On dirait que vous voulez me séduire !

— Vous êtes un misérable ! s'écria-t-elle.

— Oh ! oh ! comme vous y allez ! reprit-il en riant.          60

— Je ferai savoir qui vous êtes. Je dirai à mon mari...

— Eh bien ! moi, je lui montrerai quelque chose à votre mari !

Et Lheureux tira de son coffre-fort un reçu de          65
dix-huit cents francs, qu'elle lui avait donné lors de l'escompte Vinçart[1].

— Croyez-vous, ajouta-t-il, qu'il ne comprenne pas votre petit vol, ce pauvre cher homme ?

Elle s'affaissa, plus assommée qu'elle n'eût été          70
par un coup de massue. Il se promenait depuis la fenêtre jusqu'au bureau, tout en répétant :

— Ah ! je lui montrerai bien... je lui montrerai bien...

Ensuite il se rapprocha d'elle, et, d'une voix          75
douce :

— Ce n'est pas amusant, je le sais ; personne, après tout, n'en est mort, et, puisque c'est le seul moyen qui vous reste de me rendre mon argent...

— Mais où en trouverai-je ? dit Emma en se tor-          80
dant les bras.

— Ah ! bah ! quand on a comme vous des amis !

---

1. Les billets à l'ordre de Lheureux que Vinçart, son compère, avait escomptés étaient ceux qu'Emma avait signés en gardant pour elle une partie du produit de la vente d'une propriété appartenant à Charles, vente faite à l'insu de celui-ci grâce à la procuration qu'Emma s'était fait donner.

Et il la regardait d'une façon si perspicace et si terrible, qu'elle en frissonna jusqu'aux entrailles.

— Je vous promets, dit-elle, je signerai... 85

— J'en ai assez, de vos signatures !

— Je vendrai encore...

— Allons donc ! fit-il en haussant les épaules, vous n'avez plus rien.

Et il cria dans le judas qui s'ouvrait sur la bouti- 90 que :

— Annette ! n'oublie pas les trois coupons du n° 14.

La servante parut ; Emma comprit et demanda « ce qu'il faudrait d'argent pour arrêter toutes les 95 poursuites ».

— Il est trop tard !

— Mais si je vous apportais plusieurs mille francs, le quart de la somme, le tiers, presque tout ?

— Eh ! non, c'est inutile ! 100

Il la poussait doucement vers l'escalier.

— Je vous en conjure, monsieur Lheureux, quelques jours encore !

Elle sanglotait.

— Allons, bon ! des larmes ! 105

— Vous me désespérez !

— Je m'en moque pas mal ! dit-il en refermant la porte.

*Le lendemain, l'huissier, Me Hareng, assisté de deux témoins, vient faire l'inventaire de la saisie. Toute la maison est passée en revue. « Ils examinèrent ses robes, le linge, le cabinet de toilette ; et son existence, jusque dans ses recoins les plus intimes, fut, comme un cadavre que l'on autopsie, étalée tout du long aux regards de ces trois hommes. » Le matin suivant, Emma se rend à Rouen faire le tour des banquiers pour solliciter des prêts. Elle essuie partout des refus. Enfin, elle va frapper chez Léon. Celui-ci est abasourdi par l'énormité de la somme — huit mille francs — qu'elle lui demande de trouver pour elle, mais, devant son agitation fébrile, fait semblant d'aller*

*solliciter plusieurs personnes. Démarches vaines, naturel-*
*lement. Emma lui suggère alors, à mots couverts, de déro-*
*ber cette somme à son étude. Léon, terrorisé et se sentant*
*faiblir, invente un mensonge et s'enfuit. A quatre heures,*
*Emma retourne à la* Croix-Rouge *pour y prendre*
*l'*Hirondelle *et revenir à Yonville. Le lendemain matin,*
*un lundi, les gens s'attroupent autour des affiches annon-*
*çant la vente du mobilier des Bovary. Alors, sur la sug-*
*gestion de Félicité, sa bonne, pour qui sa maîtresse n'avait*
*pas de secrets, Emma décide d'aller solliciter le notaire,*
*Me Guillaumin. Celui-ci reçoit Emma avec une politesse*
*étudiée et, tout en entamant son déjeuner, l'écoute. Il*
*connaissait d'ailleurs parfaitement déjà la situation des*
*Bovary, ayant partie liée avec Lheureux dans des affaires*
*d'argent.*

*Après avoir laissé Mme Bovary plaider sa cause, le*
*notaire se permet avec elle des familiarités grandissantes*
*jusqu'au moment où, révoltée, elle part en s'écriant : « Je*
*suis à plaindre, mais pas à vendre ! »*

*Emma s'en retourne chez elle. « Le désappointement de*
*l'insuccès renforçait l'indignation de sa pudeur outra-*
*gée. » Elle s'emporte d'avance à l'idée que Charles, quand*
*il apprendra la catastrophe, lui pardonnera, et qu'il lui*
*faudra subir le poids de sa magnanimité. Le voyant arri-*
*ver, elle s'échappe et va solliciter Binet, le percepteur, qui*
*recule, épouvanté, en entendant ce qu'elle lui demande.*
*Alors elle s'enfuit, égarée, chez la nourrice. Un moment,*
*elle caresse l'espoir que Léon aura trouvé la somme et la*
*lui aura apportée chez elle, mais les heures s'écoulent et*
*la mère Rolet, envoyée aux nouvelles, lui rapporte seule-*
*ment que « ... monsieur pleure. Il vous appelle. On vous*
*cherche. » Alors, le souvenir de Rodolphe traverse Emma.*
*« Il était si bon, si délicat, si généreux ! Et, d'ailleurs, s'il*
*hésitait à lui rendre ce service, elle saurait bien l'y con-*
*traindre en rappelant d'un seul clin d'œil leur amour*
*perdu. » Emma se rend donc chez Rodolphe, émue par*
*les souvenirs qu'évoquent ces lieux. Après quelques phra-*
*ses embarrassées, la conversation se fait plus personnelle,*
*plus tendre, et le tutoiement réapparaît.*

Et elle était ravissante à voir, avec son regard où tremblait une larme, comme l'eau d'un orage dans un calice bleu. 110

Il l'attira sur ses genoux, et il caressait du revers de la main ses bandeaux lisses, où, dans la clarté du crépuscule, miroitait comme une flèche d'or un dernier rayon du soleil. Elle penchait le front ; il finit par la baiser sur les paupières, tout doucement, du bout de ses lèvres. 115

— Mais tu as pleuré ! dit-il. Pourquoi ?

Elle éclata en sanglots. Rodolphe crut que c'était l'explosion de son amour ; comme elle se taisait, il prit ce silence pour une dernière pudeur, et alors il s'écria : 120

— Ah ! pardonne-moi ! tu es la seule qui me plaise. J'ai été imbécile et méchant ! Je t'aime, je t'aimerai toujours ! Qu'as-tu ? dis-le donc ! 125

Il s'agenouillait.

— Eh bien !... je suis ruinée, Rodolphe ! Tu vas me prêter trois mille francs !

— Mais... mais..., dit-il en se relevant peu à peu, tandis que sa physionomie prenait une expression grave. 130

— Tu sais, continuait-elle vite, que mon mari avait placé toute sa fortune chez un notaire ; il s'est enfui. Nous avons emprunté ; les clients ne payaient pas. Du reste la liquidation n'est pas finie ; nous en aurons plus tard. Mais, aujourd'hui, faute de trois mille francs, on va nous saisir ; c'est à présent, à l'instant même ; et comptant sur ton amitié, je suis venue. 135

— Ah ! pensa Rodolphe, qui devint très pâle tout à coup, c'est pour cela qu'elle est venue ! 140

Enfin il dit d'un air très calme :

— Je ne les ai pas, chère madame.

Il ne mentait point. Il les eût eus qu'il les aurait donnés, sans doute, bien qu'il soit généralement désagréable de faire de si belles actions ; une 145

demande pécuniaire, de toutes les bourrasques qui
tombent sur l'amour, étant la plus froide et la plus
déracinante.

Elle resta d'abord quelques minutes à le regarder.    150
— Tu ne les as pas !

Elle répéta plusieurs fois :

— Tu ne les as pas !... J'aurais dû m'épargner
cette dernière honte. Tu ne m'as jamais aimée ! tu
ne vaux pas mieux que les autres !                    155

Elle se trahissait, elle se perdait.

Rodolphe l'interrompit, affirmant qu'il se trouvait « gêné » lui-même.

— Ah ! je te plains ! dit Emma. Oui, considéra-
blement !...                                          160

Et, arrêtant ses yeux sur une carabine damasqui-
née qui brillait dans la panoplie :

— Mais lorsqu'on est si pauvre, on ne met pas
d'argent à la crosse de son fusil ! On n'achète pas
une pendule avec des incrustations d'écailles ! con-  165
tinuait-elle en montrant l'horloge de Boulle[1] ; ni des
sifflets de vermeil pour ses fouets — elle les tou-
chait ! — ni des breloques pour sa montre ! Oh !
rien ne lui manque ! jusqu'à un porte-liqueurs dans
sa chambre ; car tu m'aimes, tu vis bien, tu as un    170
château, des fermes, des bois ; tu chasses à courre,
tu voyages à Paris... Eh ! quand ce ne serait que
cela, s'écria-t-elle en prenant sur la cheminée ses
boutons de manchettes, que la moindre de ces niai-
series ! on en peut faire de l'argent !... Oh ! je n'en  175
veux pas ! garde-les.

Et elle lança bien loin les deux boutons, dont la
chaîne d'or se rompit en cognant contre la muraille.

— Mais moi, je t'aurais tout donné, j'aurais tout
vendu, j'aurais travaillé de mes mains, j'aurais men-  180
dié sur les routes, pour un sourire, pour un regard,
pour t'entendre dire : « Merci ! » Et tu restes là

1. *Boulle :* célèbre ébéniste français (1642-1732).

tranquillement dans ton fauteuil, comme si déjà tu
ne m'avais pas fait assez souffrir ? Sans toi, sais-tu
bien, j'aurais pu vivre heureuse ! Qui t'y forçait ?      185
Était-ce une gageure ? Tu m'aimais cependant, tu le
disais… Et tout à l'heure encore… Ah ! il eût mieux
valu me chasser ! J'ai les mains chaudes de tes baisers, et voilà la place, sur le tapis, où tu jurais à
mes genoux une éternité d'amour. Tu m'y as fait       190
croire : tu m'as, pendant deux ans, traînée dans le
rêve le plus magnifique et le plus suave !… Hein ?
nos projets de voyage, tu te rappelles ? Oh ! ta
lettre, ta lettre ! elle m'a déchiré le cœur ! Et puis,
quand je reviens vers lui, vers lui, qui est riche,       195
heureux, libre ! pour implorer un secours que le
premier venu rendrait, suppliante et lui rapportant
toute ma tendresse, il me repousse, parce que ça lui
coûterait trois mille francs !

— Je ne les ai pas ! répondit Rodolphe avec ce       200
calme parfait dont se recouvrent, comme d'un bou-
clier, les colères résignées.

---

- **Une péripétie tragique**

  La grâce de la pose d'Emma, la délicatesse des gestes et des
  caresses, l'émotion — fondée sur un malentendu — de Rodolphe, tout fait penser à la reprise d'une idylle (l. 109-126).
  Impression vite dissipée…

  ①Un total revirement (l. 127-149) : montrer l'éloquence des
  jeux de physionomie, des changements d'attitude et du laco-
  nisme de Rodolphe. Quel effet produit aussi l'expression *chère
  Madame* (l. 143) ?

  ②Par quel cheminement Emma en vient-elle du silence prolongé
  à l'invective passionnée (l. 150-176) Quel est l'effet du passage
  du *on* au *lui*, puis enfin au *tu* pour désigner Rodolphe (l. 163-
  176) ?

  ③(l. 179-199) Le passé, lointain ou tout proche, le présent,
  l'hypothétique, tout se mêle dans les paroles de la femme outra-
  gée pour faire de ce passage une version moderne des tirades
  de la tragédie classique. Observer la variété des tournures, la
  force des images, l'emploi expressif des signes de ponctuation,
  le frémissement lyrique de certaines phrases, et, par contraste,
  le prosaïsme vulgaire des derniers mots.

*La stupeur, puis l'égarement s'emparent d'Emma quand
elle a quitté Rodolphe. Des hallucinations la saisissent
jusqu'au moment où elle reconnaît les maisons du bourg.*

Alors sa situation, telle qu'un abîme, se présenta.
Elle haletait à se rompre la poitrine. Puis, dans un
transport d'héroïsme qui la rendait presque joyeuse,       205
elle descendit la côte en courant, traversa la planche
aux vaches, le sentier, l'allée, les halles, et arriva
devant la boutique du pharmacien.

Il n'y avait personne. Elle allait entrer ; mais, au
bruit de la sonnette, on pouvait venir ; et, se glissant   210
par la barrière, retenant son haleine, tâtant les murs,
elle s'avança jusqu'au seuil de la cuisine, où brûlait
une chandelle posée sur le fourneau. Justin, en manches de chemise, emportait un plat.

— Ah ! ils dînent. Attendons.                              215

Il revint. Elle frappa contre la vitre. Il sortit.

— La clef ! celle d'en haut, où sont les...

— Comment !

Et il la regardait, tout étonné par la pâleur de son
visage, qui tranchait en blanc sur le fond noir de la      220
nuit. Elle lui apparut extraordinairement belle, et
majestueuse comme un fantôme ; sans comprendre
ce qu'elle voulait, il pressentait quelque chose de
terrible.

Mais elle reprit vivement, à voix basse, d'une voix       225
douce, dissolvante :

— Je la veux ! Donnez-la-moi.

Comme la cloison était mince, on entendait le
cliquetis des fourchettes sur les assiettes dans la salle
à manger.                                                  230

Elle prétendit avoir besoin de tuer les rats qui
l'empêchaient de dormir.

— Il faudrait que j'avertisse monsieur.

— Non ! reste !

Puis, d'un air indifférent : 235

— Eh ! ce n'est pas la peine, je lui dirai tantôt. Allons, éclaire-moi !

Elle entra dans le corridor où s'ouvrait la porte du laboratoire. Il y avait contre la muraille une clef étiquetée *Capharnaüm*. 240

— Justin ! cria l'apothicaire, qui s'impatientait.

— Montons !

Et il la suivit.

La clef tourna dans la serrure, et elle alla droit vers la troisième tablette, tant son souvenir la guidait 245 bien, saisit le bocal bleu, en arracha le bouchon, y fourra sa main, et, la retirant pleine d'une poudre blanche, elle se mit à manger à même.

— Arrêtez ! s'écria-t-il en se jetant sur elle.

— Tais-toi ! on viendrait... 250

Il se désespérait, voulait appeler.

— N'en dis rien, tout retomberait sur ton maître !

Puis elle s'en retourna subitement apaisée, et presque dans la sérénité d'un devoir accompli.


LA MORT D'EMMA


Quand Charles, bouleversé par la nouvelle de la saisie, était rentré à la maison, Emma venait d'en sortir. Il cria, pleura, s'évanouit, mais elle ne revint pas. Où pouvait-elle être ? Il envoya Félicité chez Homais, chez M. Tuvache, chez Lheureux, au *Lion* 5 *d'or*, partout ; et, dans les intermittences de son angoisse, il voyait sa considération anéantie, leur fortune perdue, l'avenir de Berthe brisé ! Par quelle cause !... pas un mot ! Il attendit jusqu'à six heures du soir. Enfin, n'y pouvant plus tenir, et imaginant 10 qu'elle était partie pour Rouen, il alla sur la grande route, fit une demi-lieue, ne rencontra personne, attendit encore et s'en revint.

Elle était rentrée.

— Qu'y avait-il ?... Pourquoi ?... Explique- 15
moi ?...

Elle s'assit à son secrétaire, et écrivit une lettre
qu'elle cacheta lentement, ajoutant la date du jour
et l'heure.

Puis elle dit d'un ton solennel : 20

— Tu la liras demain ; d'ici là, je t'en prie, ne
m'adresse pas une seule question !... Non, pas une !

— Mais...

— Oh ! laisse-moi !

Et elle se coucha tout du long sur son lit. 25

Une saveur âcre qu'elle sentait dans sa bouche la
réveilla. Elle entrevit Charles et referma les yeux.

Elle s'épiait curieusement, pour discerner si elle
ne souffrait pas. Mais non ! rien encore. Elle entendait le battement de la pendule, le bruit du feu, et 30
Charles, debout près de sa couche, qui respirait.

— Ah ! c'est bien peu de chose, la mort ! pensait-
elle : je vais dormir, et tout sera fini.

Elle but une gorgée d'eau et se tourna vers la
muraille. 35

Cet affreux goût d'encre continuait.

— J'ai soif !... oh ! j'ai bien soif ! soupira-t-elle.

— Qu'as-tu donc ? dit Charles, qui lui tendait un
verre.

— Ce n'est rien !... Ouvre la fenêtre... j'étouffe ! 40

Et elle fut prise d'une nausée si soudaine, qu'elle
eut à peine le temps de saisir son mouchoir sous
l'oreiller.

— Enlève-le ! dit-elle vivement ; jette-le !

Il la questionna ; elle ne répondit pas. Elle se 45
tenait immobile, de peur que la moindre émotion ne
la fît vomir. Cependant, elle sentait un froid de glace
qui lui montait des pieds jusqu'au cœur.

— Ah ! voilà que ça commence ! murmura-t-elle.

— Que dis-tu ? 50

Elle roulait sa tête avec un geste doux, plein d'an-

goisse, et tout en ouvrant continuellement les
mâchoires, comme si elle eût porté sur sa langue
quelque chose de très lourd. A huit heures, les
vomissements reparurent.

Charles observa qu'il y avait au fond de la cuvette
une sorte de gravier blanc, attaché aux parois de la
porcelaine.

— C'est extraordinaire ! c'est singulier ! répéta-t-
il.

Mais elle dit d'une voix forte :

— Non, tu te trompes !

Alors, délicatement et presque en la caressant, il
lui passa la main sur l'estomac. Elle jeta un cri aigu.
Il se recula tout effrayé.

Puis elle se mit à geindre, faiblement d'abord. Un
grand frisson lui secouait les épaules, et elle devenait
plus pâle que le drap où s'enfonçaient ses doigts
crispés. Son pouls, inégal, était presque insensible
maintenant.

Des gouttes suintaient sur sa figure bleuâtre, qui
semblait comme figée dans l'exhalaison d'une vapeur
métallique. Ses dents claquaient, ses yeux agrandis
regardaient vaguement autour d'elle, et à toutes les
questions elle ne répondait qu'en hochant la tête ;
même elle sourit deux ou trois fois. Peu à peu, ses
gémissements furent plus forts. Un hurlement sourd
lui échappa ; elle prétendit qu'elle allait mieux et
qu'elle se lèverait tout à l'heure. Mais les convulsions
la saisirent ; elle s'écria :

— Ah ! c'est atroce, mon Dieu !

Il se jeta à genoux contre son lit.

— Parle ! qu'as-tu mangé ? Réponds, au nom du
ciel !

Et il la regardait avec des yeux d'une tendresse
comme elle n'en avait jamais vu.

— Eh bien, là... là !... dit-elle d'une voix défaillante.

Il bondit au secrétaire, brisa le cachet et lut tout

haut *Qu'on n'accuse personne...* Il s'arrêta, se passa    90
la main sur les yeux, et relut encore.
— Comment ! Au secours ! A moi !

*Le bruit de l'empoisonnement se répand dans tout le*
*village. Homais arrive. On envoie chercher le Dr Canivet,*
*et aussi le Dr Larivière, praticien célèbre et justement*
*estimé.*

Charles voulut feuilleter son dictionnaire de médecine ; il n'y voyait pas, les lignes dansaient.
— Du calme ! dit l'apothicaire. Il s'agit seulement    95
d'administrer quelque puissant antidote. Quel est le
poison ?
Charles montra la lettre. C'était de l'arsenic.
— Eh bien ! reprit Homais, il faudrait en faire
l'analyse.                                                100
Car il savait qu'il faut, dans tous les empoisonne-
ments, faire une analyse ; et l'autre, qui ne com-
prenait pas, répondit :
— Ah ! faites ! faites ! sauvez-la...
Puis, revenu près d'elle, il s'affaissa par terre sur    105
le tapis, et il restait la tête appuyée contre le bord
de sa couche à sangloter.
— Ne pleure pas ! lui dit-elle. Bientôt je ne te
tourmenterai plus !
— Pourquoi ? Qui t'a forcée ?                            110
Elle répliqua :
— Il le fallait, mon ami.
— N'étais-tu pas heureuse ? Est-ce ma faute ?
J'ai fait tout ce que j'ai pu, pourtant !
— Oui..., c'est vrai..., tu es bon, toi !                115
Et elle lui passait la main dans les cheveux, len-
tement. La douceur de cette sensation surchargeait
sa tristesse ; il sentait tout son être s'écrouler de
désespoir à l'idée qu'il fallait la perdre, quand, au
contraire, elle avouait pour lui plus d'amour que    120

jamais ; et il ne trouvait rien ; il ne savait pas, il
n'osait, l'urgence d'une résolution immédiate achevant de le bouleverser.

Elle en avait fini, songeait-elle, avec toutes les
trahisons, les bassesses et les innombrables convoi- 125
tises qui la torturaient. Elle ne haïssait personne,
maintenant ; une confusion de crépuscule s'abattait
en sa pensée, et de tous les bruits de la terre Emma
n'entendait plus que l'intermittente lamentation de
ce pauvre cœur, douce et indistincte, comme le der- 130
nier écho d'une symphonie qui s'éloigne.

— Amenez-moi la petite, dit-elle en se soulevant
du coude.

— Tu n'es pas plus mal, n'est-ce pas ? demanda
Charles. 135

— Non ! non !

L'enfant arriva sur le bras de sa bonne, dans sa
longue chemise de nuit, d'où sortaient ses pieds nus,
sérieuse et presque rêvant encore. Elle considérait
avec étonnement la chambre tout en désordre, et 140
clignait des yeux, éblouie par les flambeaux qui
brûlaient sur les meubles. Ils lui rappelaient sans
doute les matins du jour de l'an ou de la mi-carême,
quand, ainsi réveillée de bonne heure à la clarté des
bougies, elle venait dans le lit de sa mère pour y 145
recevoir ses étrennes, car elle se mit à dire :

— Où est-ce donc, maman ?

Et, comme tout le monde se taisait :

— Mais je ne vois pas mon petit soulier !

Félicité la penchait vers le lit, tandis qu'elle regar- 150
dait toujours du côté de la cheminée.

— Est-ce nourrice qui l'aurait pris ? demanda-t-
elle.

Et, à ce nom, qui la reportait dans le souvenir de
ses adultères et de ses calamités, Mme Bovary 155
détourna sa tête, comme au dégoût d'un autre poison plus fort qui lui remontait à la bouche. Berthe,
cependant, restait posée sur le lit.

— Oh ! comme tu as de grands yeux, maman !
comme tu es pâle ! comme tu sues !...                    160

Sa mère la regardait.

— J'ai peur ! dit la petite en se reculant.

Emma prit sa main pour la baiser ; elle se débat-
tait.

— Assez ! qu'on l'emmène ! s'écria Charles, qui   165
sanglotait dans l'alcôve.

*Le docteur Canivet arrive. Il prescrit de l'émétique[1], qui
a pour effet de faire vomir du sang à l'agonisante. Enfin
le docteur Larivière entre dans la chambre.*

L'apparition d'un dieu n'eût pas causé plus
d'émoi. Bovary leva les mains, Canivet s'arrêta
court, et Homais retira son bonnet grec bien avant
que le docteur fût entré. [...]                         170

Il fronça les sourcils dès la porte, en apercevant
la face cadavéreuse d'Emma étendue sur le dos, la
bouche ouverte. Puis, tout en ayant l'air d'écouter

---

• **Un suicide voulu jusqu'au bout**

①Observer les efforts d'Emma pour cacher son geste fatal le
plus longtemps possible. Qu'est-ce qui la fait surtout céder
(l. 85-86) ?

②Tandis que la stupidité de M. Homais retarde un éventuel
traitement sauveur (l. 95-104), on assiste à un tête-à-tête pathétique entre les deux époux (l. 105-136). Pourquoi faut-il que le
désespoir de Charles soit le prix de l'apaisement d'Emma ?
Paradoxalement, Emma ne se sent-elle pas purifiée par ce geste
que la société et la religion condamnent ?

③L'adieu à l'enfant (l. 137-166) : trouve-t-on dans ce passage
un détail, une attitude, un mot qui atténue le caractère si
douloureux de la scène ?

---

1. Vomitif absolument contre-indiqué dans le cas d'un empoisonnement
par l'arsenic. Canivet se fera sermonner à ce sujet par le Dr Larivière.

Canivet, il se passait l'index sous les narines et répétait : 175

— C'est bien, c'est bien.

Mais il fit un geste lent des épaules. Bovary l'observa : ils se regardèrent ; et cet homme, si habitué pourtant à l'aspect des douleurs, ne put retenir une larme qui tomba sur son jabot. 180

Il voulut emmener Canivet dans la pièce voisine. Charles le suivit.

— Elle est bien mal, n'est-ce pas ? Si l'on posait des sinapismes ? je ne sais quoi ! Trouvez donc quelque chose, vous qui en avez tant sauvé ! 185

Charles lui entourait le corps de ses deux bras, et il le contemplait d'une manière effarée, suppliante, à demi pâmé contre sa poitrine.

— Allons, mon pauvre garçon, du courage ! Il n'y a plus rien à faire. 190

Et le docteur Larivière se détourna.

*Le pharmacien qui ne pouvait, par tempérament, se séparer des gens célèbres, retient le docteur Larivière à déjeuner. « Homais s'épanouissait dans son rôle d'amphitryon, et l'affligeante idée de Bovary contribuait vaguement à son plaisir, par un retour égoïste qu'il faisait sur lui-même. » Larivière réussit enfin à se débarrasser des gens attirés par sa célébrité et quitte Yonville. Bientôt arrive l'abbé Bournisien pour administrer l'extrême-onction à la mourante.*

Elle tourna sa figure lentement, et parut saisie de joie à voir tout à coup l'étole violette, sans doute retrouvant au milieu d'un apaisement extraordinaire la volupté perdue de ses premiers élancements mys- 195
tiques, avec des visions de béatitude éternelle qui commençaient.

Le prêtre se releva pour prendre le crucifix ; alors elle allongea le cou comme quelqu'un qui a soif, et, collant ses lèvres sur le corps de l'Homme-Dieu, elle 200 y déposa de toute sa force expirante le plus grand baiser d'amour qu'elle eût jamais donné. Ensuite il récita le *Misereatur* et l'*Indulgentiam*[1], trempa son pouce droit dans l'huile et commença les onctions : d'abord sur les yeux, qui avaient tant convoité toutes les somptuosités terrestres ; puis sur les narines, friandes de brises tièdes et de senteurs amoureuses ; puis sur la bouche, qui s'était ouverte pour le mensonge, qui avait gémi d'orgueil et crié dans la luxure ; puis sur les mains, qui se délectaient aux contacts suaves, et enfin sur la plante des pieds, si rapides autrefois quand elle courait à l'assouvissance[2] de ses désirs, et qui maintenant ne marcheraient plus.

Le curé s'essuya les doigts, jeta dans le feu les brins de coton trempés d'huile, et revint s'asseoir près de la moribonde pour lui dire qu'elle devait à présent joindre ses souffrances à celles de Jésus-Christ et s'abandonner à la miséricorde divine.

En finissant ses exhortations, il essaya de lui mettre dans la main un cierge bénit, symbole des gloires célestes dont elle allait tout à l'heure être environnée. Emma, trop faible, ne put fermer les doigts, et le cierge, sans M. Bournisien, serait tombé à terre.

Cependant elle n'était pas aussi pâle, et son visage avait une expression de sérénité, comme si le sacrement l'eût guérie. [...]

En effet, elle regarda tout autour d'elle, lentement, comme quelqu'un qui se réveille d'un songe, puis, d'une voix distincte, elle demanda son miroir, et elle resta penchée dessus quelque temps ; jusqu'au moment où de grosses larmes lui découlèrent des yeux. Alors elle se renversa la tête en poussant un soupir et retomba sur l'oreiller.

Sa poitrine se mit aussitôt à haleter rapidement.

205

210

215

220

225

230

---

1. Premiers mots de prières latines de l'extrême-onction.
2. La forme correcte du mot est *assouvissement*.

La langue tout entière lui sortit hors de la bouche ; 235
ses yeux, en roulant, pâlissaient comme deux globes
de lampe qui s'éteignent, à la croire déjà morte, sans
l'effrayante accélération de ses côtes, secouées par
un souffle furieux, comme si l'âme eût fait des
bonds pour se détacher. Félicité s'agenouilla devant 240
le crucifix, et le pharmacien lui-même fléchit un peu
les jarrets, tandis que M. Canivet regardait vaguement sur la place. Bournisien s'était remis en prière,
la figure inclinée contre le bord de la couche, avec
sa longue soutane noire qui traînait derrière lui dans 245
l'appartement. Charles était de l'autre côté, à
genoux, les bras étendus vers Emma. Il avait pris
ses mains et il les serrait, tressaillant à chaque battement de son cœur, comme au contrecoup d'une
ruine qui tombe. A mesure que le râle devenait plus 250
fort, l'ecclésiastique précipitait ses oraisons : elles se
mêlaient aux sanglots étouffés de Bovary, et quelquefois tout semblait disparaître dans le sourd murmure des syllabes latines, qui tintaient comme un
glas de cloche. 255

Tout à coup, on entendit sur le trottoir un bruit
de gros sabots, avec le frôlement d'un bâton ; et
une voix s'éleva, une voix rauque, qui chantait :

> *Souvent la chaleur d'un beau jour*
> *Fait rêver fillette à l'amour.* 260

Emma se releva comme un cadavre que l'on gal-
vanise, les cheveux dénoués, la prunelle fixe, béante.

> *Pour amasser diligemment*
> *Les épis que la faux moissonne,*
> *Ma Nanette va s'inclinant* 265
> *Vers le sillon qui nous les donne.*

— L'aveugle ! s'écria-t-elle.

Et Emma se mit à rire, d'un rire atroce, frénétique, désespéré, croyant voir la face hideuse du
misérable, qui se dressait dans les ténèbres éternelles 270
comme un épouvantement.

> *Il souffla bien fort ce jour-là,*
> *Et le jupon court s'envola !*

Une convulsion la rabattit sur le matelas. Tous
s'approchèrent. Elle n'existait plus.                    275

---

* **L'extrême-onction** (l. 192-226)
  Un sentiment presque consolant se fait jour ici.

  ① De quelle nature est l'explication proposée par l'auteur (l.192-
  197) ?

  ② Étudier le rythme de la phrase et les termes employés pour
  décrire le geste d'Emma (l. 198-202). Quelle interprétation peut-
  on donner de ce geste tel qu'il est décrit ?

  ③ Le commentaire de chacune des onctions : à qui l'attribuer ?
  au prêtre, à Emma ou à l'auteur ? Dans ce dernier cas, quelle
  serait son intention profonde ? Nous inviter à un jugement
  rétrospectif sévère ? Ou bien faire naître la pitié pour la
  mourante ?

* **Les derniers moments**
  L'impression de sérénité ne survit pas à l'épreuve du miroir.

  ① Quels sentiments ont poussé Emma à demander son miroir ?
  Quelle constatation lui fait monter les larmes aux yeux ?

  ② La dernière phase de l'agonie (l. 234-275) : apprécier l'union
  de la force expressive et de la sobriété.

  ③ Deux personnes surtout accompagnent Emma dans ses dernières luttes, Charles et le curé. Montrer comment les souffrances d'Emma s'imposent au lecteur à travers leurs gestes, leurs
  attitudes et leurs paroles.

* **L'aveugle, tel un spectre...**
  ① La chanson polissonne de l'aveugle, si déplacée dans une
  agonie, était, en quelque sorte, l'air national du malheureux,
  mais jamais encore elle n'avait été citée aussi longuement. Chercher au rire d'Emma une explication moins étroite que celle
  qu'offre le texte (l. 268-271). Comparer cette vision supposée
  avec les *visions de béatitude éternelle* évoquées plus haut (l. 196).

  ② Quelle impression laisse le choix des termes qui peignent le
  passage de la vie à la mort (l. 274-275) ?

  ③ D'une façon plus générale, comparer la mort d'Emma à
  celle d'autres héroïnes, que leur mort ait été naturelle (Julie de
  Wolmar, Virginie...) ou volontaire (Atala, Doña Sol...).

### LE DESESPOIR DE CHARLES

Il y a toujours, après la mort de quelqu'un, comme une stupéfaction qui se dégage, tant il est difficile de comprendre cette survenue du néant et de se résigner à croire. Mais, quand il s'aperçut pourtant de son immobilité, Charles se jeta sur elle en criant :

— Adieu ! adieu !

Homais et Canivet l'entraînèrent hors de la chambre.

— Modérez-vous !

— Oui, disait-il en se débattant, je serai raisonnable, je ne ferai pas de mal. Mais laissez-moi ! je veux la voir ! c'est ma femme !

Et il pleurait.

— Pleurez, reprit le pharmacien, donnez cours à la nature, cela vous soulagera.

Devenu plus faible qu'un enfant, Charles se laissa conduire en bas, dans la salle, et M. Homais, bientôt, s'en retourna chez lui.

Il fut, sur la place, accosté par l'aveugle, qui, s'étant traîné jusqu'à Yonville, dans l'espoir de la pommade antiphlogistique, demandait à chaque passant où demeurait l'apothicaire.

— Allons, bon ! comme si je n'avais pas d'autres chiens à fouetter ! Ah ! tant pis, reviens plus tard !

Et il entra précipitamment dans la pharmacie.

Il avait à écrire deux lettres, à faire une potion calmante pour Bovary, à trouver un mensonge qui pût cacher l'empoisonnement et à le rédiger en article pour le *Fanal,* sans compter les personnes qui l'attendaient, afin d'avoir des informations ; et, quand les Yonvillais eurent tous entendu son histoire d'arsenic qu'elle avait pris pour du sucre, en faisant une crème à la vanille, Homais, encore une fois, retourna chez Bovary.

**La veillée funèbre.**
Gravure d'E. Abot et D. Mordant.
Bibliothèque Nationale, Paris. Ph. © Bibl. Nat. Archives Photeb.

Il le trouva seul (M. Canivet venait de partir), assis dans le fauteuil, près de la fenêtre, et contemplant d'un regard idiot les pavés de la salle.

— Il faudrait à présent, dit le pharmacien, fixer vous-même l'heure de la cérémonie.

— Pourquoi ? Quelle cérémonie ?

Puis, d'une voix balbutiante et effrayée :

— Oh ! non, n'est-ce pas ? non, je veux la garder.

Homais, par contenance, prit une carafe sur l'étagère pour arroser les géraniums.

— Ah ! merci, dit Charles, vous êtes bon !

Et il n'acheva pas, suffoquant sous une abondance de souvenirs que ce geste du pharmacien lui rappelait.

Alors pour le distraire, Homais jugea convenable de causer un peu horticulture ; les plantes avaient besoin d'humidité. Charles baissa la tête en signe d'approbation.

— Du reste, les beaux jours maintenant vont revenir.

— Ah ! fit Bovary.

L'apothicaire, à bout d'idées, se mit à écarter doucement les petits rideaux du vitrage.

— Tiens, voilà M. Tuvache qui passe.

Charles répéta comme une machine.

— M. Tuvache qui passe.

Homais n'osa lui reparler des dispositions funèbres ; ce fut l'ecclésiastique qui parvint à l'y résoudre.

Il s'enferma dans son cabinet, prit une plume, et, après avoir sangloté quelque temps, il écrivit :

*Je veux qu'on l'enterre dans sa robe de noces, avec des souliers blancs, une couronne. On lui étalera ses cheveux sur les épaules ; trois cercueils, un de chêne, un d'acajou, un de plomb. Qu'on ne me dise rien, j'aurai de la force. On lui mettra par-dessus toute une grande pièce de velours vert. Je le veux. Faites-le.*

Ces messieurs s'étonnèrent beaucoup des idées romanesques de Bovary, et aussitôt le pharmacien alla lui dire :

— Ce velours me paraît une superfétation. La dépense, d'ailleurs... 70

— Est-ce que cela vous regarde ? s'écria Charles. Laissez-moi ! vous ne l'aimiez pas ! Allez-vous en !

L'ecclésiastique le prit par-dessous le bras pour lui faire faire un tour de promenade dans le jardin. Il 75 discourait sur la vanité des choses terrestres. Dieu était bien grand, bien bon ; on devait sans murmure se soumettre à ses décrets, même le remercier.

Charles éclata en blasphèmes.

— Je l'exècre, votre Dieu ! 80

— L'esprit de la révolte est encore en vous, soupira l'ecclésiastique.

Bovary était loin. Il marchait à grands pas, le long du mur, près de l'espalier, et il grinçait des dents, il levait au ciel des regards de malédiction ; mais pas 85 une feuille seulement n'en bougea.

Une petite pluie tombait. Charles, qui avait la poitrine nue, finit par grelotter ; il rentra s'asseoir dans la cuisine.

A six heures, on entendit un bruit de ferraille sur 90 la place : c'était l'*Hirondelle* qui arrivait ; et il resta le front contre les carreaux, à voir descendre les uns après les autres tous les voyageurs. Félicité lui étendit un matelas dans le salon ; il se jeta dessus et s'endormit. 95

*Homais se retrouve avec le curé pour la veillée funèbre. Il en profite pour entamer avec l'abbé Bournisien une de leurs discussions favorites qui s'échauffe progressivement. Cependant, par intervalles, Charles apparaît, contemplant, fasciné, le cadavre de sa femme.*

*Le jour suivant, sa mère arrive, et il reçoit les visites rituelles. On habille Emma selon les vœux de Charles, puis le curé et le pharmacien se retrouvent pour la dernière veillée. Après quelques passes d'armes, ils s'endorment tous les deux.*

Charles, en entrant, ne les réveilla point. C'était la dernière fois. Il venait lui faire ses adieux.

Les herbes aromatiques fumaient encore, et des tourbillons de vapeur bleuâtre se confondaient au bord de la croisée avec le brouillard qui entrait. Il y avait quelques étoiles, et la nuit était douce.

La cire des cierges tombait par grosses larmes sur les draps du lit. Charles les regardait brûler, fatiguant ses yeux contre le rayonnement de leur flamme jaune.

Des moires frissonnaient sur la robe de satin, blanche comme un clair de lune. Emma disparaissait dessous ; et il lui semblait que, s'épandant au dehors d'elle-même, elle se perdait confusément dans l'entourage des choses, dans le silence, dans la nuit, dans le vent qui passait, dans les senteurs humides qui montaient.

Puis, tout à coup, il la voyait dans le jardin de Tostes, sur le banc, contre la haie d'épines, ou bien à Rouen, dans les rues, sur le seuil de leur maison, dans la cour des Berteaux. Il entendait encore le rire des garçons en gaieté qui dansaient sous les pommiers ; la chambre était pleine du parfum de sa chevelure et sa robe lui frissonnait dans les bras avec un bruit d'étincelles. C'était la même, celle-là !

Il fut longtemps à se rappeler ainsi toutes les félicités disparues, ses attitudes, ses gestes, le timbre de sa voix. Après un désespoir, il en venait un autre et toujours, intarissablement, comme les flots d'une marée qui déborde.

Il eut une curiosité terrible : lentement, du bout des doigts, en palpitant, il releva son voile. Mais il poussa un cri d'horreur qui réveilla les deux autres. Ils l'entraînèrent en bas, dans la salle.

*Au petit jour, Emma est mise en bière et le cercueil est exposé. Au moment où les gens d'Yonville commencent à affluer, le père d'Emma, tardivement prévenu par une lettre d'Homais, arrive après avoir chevauché toute la nuit.*

## L'ENTERREMENT

La cloche tintait. Tout était prêt. Il fallut se mettre en marche.

Et, assis dans une stalle du chœur, l'un près de l'autre, ils virent passer devant eux et repasser con- tinuellement les trois chantres qui psalmodiaient. Le 5 serpent soufflait à pleine poitrine. M. Bournisien, en grand appareil, chantait d'une voix aiguë ; il saluait le tabernacle, élevait les mains, étendait les bras. Lestiboudois circulait dans l'église avec sa latte de baleine ; près du lutrin, la bière reposait entre 10 quatre rangs de cierges. Charles avait envie de se lever pour les éteindre.

Il tâchait cependant de s'exciter à la dévotion, de s'élancer dans l'espoir d'une vie future, où il la reverrait. Il imaginait qu'elle était partie en voyage, 15 bien loin, depuis longtemps. Mais, quand il pensait qu'elle se trouvait là-dessous, et que tout était fini, qu'on l'emportait dans la terre, il se prenait d'une rage farouche, noire, désespérée. Parfois, il croyait ne plus rien sentir ; et il savourait cet adoucissement 20 de sa douleur, tout en se reprochant d'être un misérable.

On entendit sur les dalles comme le bruit sec d'un bâton ferré qui les frappait à temps égaux. Cela venait du fond, et s'arrêta court dans les bas-côtés 25 de l'église. Un homme en grosse veste brune s'age- nouilla péniblement. C'était Hippolyte, le garçon du *Lion d'or*. Il avait mis sa jambe neuve.

L'un des chantres vint faire le tour de la nef pour quêter, et les gros sous, les uns après les autres, 30 sonnaient dans le plat d'argent.

— Dépêchez-vous donc ! je souffre, moi ! s'écria Bovary, tout en lui jetant avec colère une pièce de cinq francs.

L'homme d'église le remercia par une longue révérence.

On chantait, on s'agenouillait, on se relevait, cela n'en finissait pas ! Il se rappela qu'une fois, dans les premiers temps, ils avaient ensemble assisté à la messe, et ils s'étaient mis de l'autre côté, à droite, contre le mur. La cloche recommença. Il y eut un grand mouvement de chaises. Les porteurs glissèrent leurs trois bâtons sous la bière, et l'on sortit de l'église.

Justin alors parut sur le seuil de la pharmacie. Il y rentra tout à coup, pâle, chancelant.

On se tenait aux fenêtres pour voir passer le cortège, Charles, en avant, se cambrait la taille. Il affectait un air brave et saluait d'un signe ceux qui, débouchant des ruelles ou des portes, se rangeaient dans la foule. Les six hommes, trois de chaque côté, marchaient au petit pas et en haletant un peu. Les prêtres, les chantres et les deux enfants de chœur récitaient le *De Profundis* ; et leurs voix s'en allaient sur la campagne, montant et s'abaissant avec des ondulations. Parfois ils disparaissaient aux détours du sentier ; mais la grande croix d'argent se dressait toujours entre les arbres.

Les femmes suivaient, couvertes de mantes noires à capuchon rabattu ; elles portaient à la main un gros cierge qui brûlait, et Charles se sentait défaillir à cette continuelle répétition de prières et de flambeaux, sous ces odeurs affadissantes de cire et de soutane. Une brise fraîche soufflait, les seigles et les colzas verdoyaient, des gouttelettes de rosée tremblaient au bord du chemin, sur les haies d'épines. Toutes sortes de bruits joyeux emplissaient l'horizon : le claquement d'une charrette roulant au loin dans les ornières, le cri d'un coq qui se répétait ou

la galopade d'un poulain que l'on voyait s'enfuir    70
sous les pommiers. Le ciel pur était tacheté de nuages roses ; des lumignons bleuâtres se rabattaient sur
les chaumières couvertes d'iris ; Charles, en passant,
reconnaissait les cours. Il se souvenait de matins
comme celui-ci, où, après avoir visité quelque ma-    75
lade, il en sortait, et retournait vers elle.

Le drap noir, semé de larmes blanches, se levait
de temps à autre en découvrant la bière. Les porteurs
fatigués se ralentissaient ; et elle avançait par saccades continues, comme une chaloupe qui tangue à    80
chaque flot.

On arriva.

Les hommes continuèrent jusqu'en bas, à une
place dans le gazon où la fosse était creusée.

On se rangea tout autour ; et tandis que le prêtre    85
parlait, la terre rouge, rejetée sur les bords, coulait,
par les coins, sans bruit, continuellement.

Puis, quand les quatre cordes furent disposées, on
poussa la bière dessus. Il la regarda descendre. Elle
descendait toujours.    90

Enfin, on entendit un choc ; les cordes en grinçant
remontèrent. Alors Bournisien prit la bêche que lui
tendait Lestiboudois ; de sa main gauche, tout en
aspergeant de la droite, il poussa vigoureusement
une large pelletée ; et le bois du cercueil, heurté par    95
les cailloux, fit ce bruit formidable qui nous semble
être le retentissement de l'éternité.

L'ecclésiastique passa le goupillon à son voisin.
C'était M. Homais. Il le secoua gravement, puis le
tendit à Charles, qui s'affaissa jusqu'aux genoux    100
dans la terre, et il en jetait à pleines mains tout en
criant : « Adieu ! » Il lui envoyait des baisers ; il se
traînait vers la fosse pour s'y engloutir avec elle.

On l'emmena ; et il ne tarda pas à s'apaiser,
éprouvant peut-être, comme tous les autres, la vague    105
satisfaction d'en avoir fini.

*Dans la foule revenant du cimetière, on entend les api-toiements hypocrites de Lheureux et les intarissables com-mentaires de Homais. Quand Charles et sa mère se retrouvent à la maison avec le père Rouault, ce dernier exprime avec simplicité la peine profonde qu'il ressent et dit sa décision de repartir tout de suite, étant incapable de passer une nuit dans la demeure où sa fille est morte. Sa mère partie après une vive discussion, Charles se retrouve seul avec sa fille et doit faire face aux assauts des créanciers. Il s'engage encore davantage envers l'éter-nel Lheureux et se fait gruger de tous les côtés. D'autres chagrins surviennent.*

* **L'office religieux** (l. 1-44)
  ①Dans la description de la cérémonie, relever tout ce qui peut donner à Charles l'impression de rites mécaniques dépourvus de sens.

  ②Comment expliquer la place réduite laissée à la peinture des sentiments de Charles ?

  ③L'apparition d'Hippolyte est décrite avec la neutralité d'un constat. Est-elle pour autant insignifiante pour Bovary ?

* **Le cortège funèbre** (l. 47-81)
  ①Comment l'auteur donne-t-il l'impression d'un agrandisse-ment à la fois dans la durée et dans l'espace ?

  ②Une longue description (l. 64-73) nous présente tout un bou-quet d'impressions qui sont comme une fête pour les sens, un hymne à la vie. Pourquoi Flaubert a-t-il voulu ce contraste avec le texte qui l'encadre ?

  ③Charles qui faisait naguère le brave (l. 48) perd tout respect humain au moment de la mise au tombeau. N'est-ce pas le signe de son inconditionnel amour ?

## LA COUPE D'AMERTUME

Félicité portait maintenant les robes de Madame ;
non pas toutes, car il en avait gardé quelques-unes,
et il les allait voir dans son cabinet de toilette où il
s'enfermait ; elle était à peu près de sa taille, souvent
Charles, en l'apercevant par derrière, était saisi d'une          5
illusion, et s'écriait :

— Oh ! reste ! reste !

Mais, à la Pentecôte, elle décampa d'Yonville,
enlevée par Théodore, et en volant tout ce qui restait
de la garde-robe.                                                  10

Ce fut vers cette époque que Mme veuve Dupuis
eut l'honneur de lui faire part du « mariage de
M. Léon Dupuis, son fils, notaire à Yvetot, avec
mademoiselle Léocadie Lebœuf, de Bondeville ».
Charles, parmi les félicitations qu'il lui adressa, écri-          15
vit cette phrase :

« Comme    ma    pauvre    femme    aurait    été
heureuse ! »

Un jour qu'errant sans but dans la maison, il était
monté jusqu'au grenier, il sentit sous sa pantoufle          20
une boulette de papier fin. Il l'ouvrit et il lut : « Du
courage, Emma ! du courage ! Je ne veux pas faire
le malheur de votre existence. » C'était la lettre de
Rodolphe tombée à terre entre des caisses, qui était
restée là, et que le vent de la lucarne venait de          25
pousser vers la porte. Et Charles demeura tout
immobile et béant à cette même place où jadis,
encore plus pâle que lui, Emma, désespérée, avait
voulu mourir. Enfin, il découvrit un petit R. au bas
de la seconde page. Qu'était-ce ? Il se rappela les          30
assiduités de Rodolphe, sa disparition soudaine et
l'air contraint qu'il avait eu en le rencontrant depuis,

deux ou trois fois. Mais le ton respectueux de la
lettre l'illusionna.

— Ils se sont peut-être aimés platoniquement, se
dit-il.

D'ailleurs, Charles n'était pas de ceux qui des-
cendent au fond des choses ; il recula devant les
preuves, et sa jalousie incertaine se perdit dans l'immensité de son chagrin.

On avait dû, pensait-il, l'adorer. Tous les hommes,
à coup sûr, l'avaient convoitée. Elle lui en parut plus
belle ; et il en conçut un désir permanent, furieux,
qui enflammait son désespoir et qui n'avait pas de
limites, parce qu'il était maintenant irréalisable.

Pour lui plaire, comme si elle vivait encore, il
adopta ses prédilections, ses idées ; il acheta des
bottes vernies, il prit l'usage des cravates blanches.
Il mettait du cosmétique à ses moustaches, il sous-
crivit comme elle des billets à ordre. Elle le corrom-
pait par delà le tombeau.

Il fut obligé de vendre l'argenterie pièce à pièce,
ensuite il vendit les meubles du salon. Tous les
appartements se dégarnirent ; mais la chambre, sa
chambre à elle, était restée comme autrefois. Après
son dîner, Charles montait là. Il poussait devant le
feu la table ronde, et il approchait *son* fauteuil. Il
s'asseyait en face. Une chandelle brûlait dans un des
flambeaux dorés. Berthe, près de lui, enluminait des
estampes.

Il souffrait, le pauvre homme, à la voir si mal
vêtue, avec ses brodequins sans lacet et l'emman-
chure de ses blouses déchirée jusqu'aux hanches, car
la femme de ménage n'en prenait guère de souci.
Mais elle était si douce, si gentille, et sa petite tête
se penchait si gracieusement en laissant retomber sur
ses joues roses sa bonne chevelure blonde, qu'une
délectation infinie l'envahissait, plaisir tout mêlé
d'amertume comme ces vins mal faits qui sentent la
résine. Il raccommodait ses joujoux, lui fabriquait

des pantins avec du carton, ou recousait le ventre déchiré de ses poupées. Puis, s'il rencontrait des yeux la boîte à ouvrage, un ruban qui traînait ou même une épingle restée dans une fente de la table,

---

• **Une existence qui se défait.**

Sans élever le ton, l'auteur, dans ce passage, nous rend sensible le pathétique du lent naufrage où sombre Charles Bovary, et sa fille avec lui.

①Pourquoi Charles ne réagit-il pas devant la première indélicatesse de Félicité (l. 1-7), puis après le vol manifeste qu'elle commet (l. 8-10) ?

②La phrase malheureuse de Charles (l. 17) prête-t-elle à rire ?

③La lettre d'adieu de Rodolphe : sa lecture constitue pour Charles la première étape dans la révélation des aventures de sa femme.

a) comment Flaubert a-t-il ménagé la vraisemblance de cette découverte ?

b) l'interprétation qu'adopte Charles des termes de la lettre est-elle plausible ?

④Les effets de cette découverte (l. 41-51).

Montrer la logique du processus qui conduit Bovary à adopter les *prédilections* ainsi que les *idées* de sa femme, et préciser la nature de cette *corruption*.

⑤Un sanctuaire (l. 52-60).

Seule la chambre d'Emma échappe à la disparition progressive du mobilier de valeur : n'a-t-on pas l'impression d'une sorte de contemplation mystique dans l'attitude de Charles assis en face de *son* fauteuil ?

⑥Le pathétique de la victime innocente.

a) (l. 61-64) montrer l'éloquence de ces deux détails.

b) (l. 65-70) noter l'abondance et la cohérence des notations : quelle idée du caractère de l'enfant en retire-t-on ?

c) le père, lui aussi, n'est-il pas émouvant dans ses efforts — sans doute maladroits — pour éviter à son enfant de trop sentir sa pauvreté ?

⑦La désertion de M. Homais (l. 77-82).

Quel trait de caractère se révèle ici chez le pharmacien (dont il faut se rappeler qu'il était le parrain de Berthe...) ?

il se prenait à rêver, et il avait l'air si triste, qu'elle    75
devenait triste comme lui.

Personne à présent ne venait les voir ; car Justin
s'était enfui à Rouen, où il est devenu garçon épicier,
et les enfants de l'apothicaire fréquentaient de moins
en moins la petite, M. Homais ne se souciant pas,    80
vu la différence de leurs conditions sociales, que
l'intimité se prolongeât.

*Le pharmacien voit grandir son importance. Par des*
*entrefilets perfides qu'il donne au Fanal de Rouen, il*
*réussit à faire interner l'aveugle qui se plaignait à tout*
*venant de ne pas avoir été guéri par la pommade de*
*M. Homais. Toujours guidé par l'amour du progrès et*
*la haine des prêtres, il se prononce sur tous les événe-*
*ments locaux et en vient même à donner son point de*
*vue sur les grandes questions d'intérêt général, sans*
*oublier pour autant de faire prospérer son commerce.*

*Quant à Charles, il rêve toutes les nuits à Emma, mais*
*ces rêves tournent à chaque fois au cauchemar. L'image*
*même de sa femme lui échappe progressivement, à son*
*grand désespoir, et quelques visites à l'église ne lui*
*apportent aucun soulagement.*

### DÉNOUEMENT

Malgré l'épargne où vivait Bovary, il était loin de
pouvoir amortir ses anciennes dettes. Lheureux
refusa de renouveler aucun billet. La saisie devint
imminente. Alors il eut recours à sa mère, qui con-
sentit à lui laisser prendre une hypothèque sur ses    5
biens, mais en lui envoyant force récriminations contre Emma ; et elle demandait, en retour de son
sacrifice, un châle échappé aux ravages de Félicité.
Charles le lui refusa. Ils se brouillèrent.

Elle fit les premières ouvertures de raccommode-          10
ment, en lui proposant de prendre chez elle la petite,
qui la soulagerait dans sa maison. Charles y consen-
tit. Mais, au moment du départ, tout courage l'abandonna. Alors ce fut une rupture définitive, complète.

A mesure que ses affections disparaissaient, il se          15
resserrait plus étroitement à l'amour de son enfant.
Elle l'inquiétait cependant ; car elle toussait quelquefois, et avait des plaques rouges aux pommettes.

En face de lui s'étalait, florissante et hilare, la
famille du pharmacien, que tout au monde contri-          20
buait à satisfaire. Napoléon l'aidait au laboratoire,
Athalie lui brodait un bonnet grec, Irma découpait
des rondelles de papier pour couvrir les confitures,
et Franklin récitait tout d'une haleine la table de
Pythagore. Il était le plus heureux des pères, le plus          25
fortuné des hommes.

Erreur ! une ambition sourde le rongeait : Homais
désirait la croix. Les titres ne lui manquaient point :
1) S'être, lors du choléra, signalé par un dévouement sans bornes ; 2) avoir publié, et à mes frais,          30
différents ouvrages d'utilité publique, tels que... (et
il rappelait son mémoire intitulé : *Du cidre, de sa
fabrication et de ses effets ;* plus, des observations
sur le puceron laniger, envoyées à l'Académie ; son
volume de statistique, et jusqu'à sa thèse de phar-          35
macien) ; sans compter que je suis membre de plusieurs sociétés savantes (il l'était d'une seule).

— Enfin, s'écriait-il, en faisant une pirouette,
quand ce ne serait que de me signaler aux incendies !

Alors Homais inclinait vers le Pouvoir. Il rendit          40
secrètement à M. le Préfet de grands services dans
les élections. Il se vendit enfin, il se prostitua. Il
adressa même au souverain[1] une pétition où il le
suppliait de *lui faire justice ;* il l'appelait *notre bon
roi* et le comparait à Henri IV.          45

_____

1. Le roi Louis-Philippe I<sup>er</sup>.

Et, chaque matin, l'apothicaire se précipitait sur le journal pour y découvrir sa nomination : elle ne venait pas. Enfin, n'y tenant plus, il fit dessiner dans son jardin un gazon figurant l'étoile de l'honneur, avec deux petits tortillons d'herbe qui partaient du sommet pour imiter le ruban. Il se promenait autour, les bras croisés, en méditant sur l'ineptie du gouvernement et l'ingratitude des hommes. 50

Par respect, ou par une sorte de sensualité qui lui faisait mettre de la lenteur dans ses investigations, Charles n'avait pas encore ouvert le compartiment secret d'un bureau de palissandre dont Emma se servait habituellement. Un jour, enfin, il s'assit devant, tourna la clef et poussa le ressort. Toutes 55

---

- **Une ambition encore insatisfaite (l. 19-53)**
  En face de ces vaincus de la vie que sont Charles Bovary et sa fille se dresse fièrement la personne du pharmacien entouré de ses rejetons.

  ①(l. 19-26) Les enfants sont montrés « en action » : que suggère le choix des activités attribuées à chacun d'eux ?

  ②(l. 29-37) Pourquoi ce mélange de la première et de la troisième personne ?

  ③Montrer le piquant du rapprochement entre *lui faire justice* et ce qui vient d'être dit de la conduite de M. Homais.

  ④(l. 46-53) L'auteur est-il allé trop loin dans la satire ?

- **L'ultime révélation**

  ①De quelle nature peut être cette *sensualité* (l. 54) ?

  ②Comment l'auteur, en quelques lignes, fait-il sentir la brutalité de cette suprême révélation ?

- **En face de Rodolphe**

  ①Dans cette scène (l. 80-112), l'acteur muet est le plus éloquent car on peut voir tout un drame se dérouler sur son visage, et Rodolphe lui-même en est saisi. L'évolution intime des sentiments de Charles s'accorde-t-elle avec tout ce que l'on sait déjà de lui ?

  ②Que penser du jugement de Rodolphe (l. 113-115) ?

les lettres de Léon s'y trouvaient. Plus de doute,                    60
cette fois ! Il dévora jusqu'à la dernière, fouilla dans
tous les coins, tous les meubles, tous les tiroirs,
derrière les murs, sanglotant, hurlant, éperdu, fou.
Il découvrit une boîte, la défonça d'un coup de pied.
Le portrait de Rodolphe lui sauta en plein visage,                    65
au milieu des billets doux bouleversés.

On s'étonna de son découragement. Il ne sortait
plus, ne recevait personne, refusait même d'aller voir
ses malades. Alors on prétendit qu'il *s'enfermait*
*pour boire.*                                                          70

Quelquefois, pourtant, un curieux se haussait par-
dessus la haie du jardin, et apercevait avec ébahissement cet homme à barbe longue, couvert d'habits
sordides, farouche, et qui pleurait tout haut en mar-
chant.                                                                 75

Le soir, dans l'été, il prenait avec lui sa petite fille
et la conduisait au cimetière. Ils s'en revenaient à la
nuit close, quand il n'y avait plus d'éclairé sur la
place que la lucarne de Binet. [...]

Un jour qu'il était allé au marché d'Argueil pour             80
y vendre son cheval, — dernière ressource, — il
rencontra Rodolphe.

Ils pâlirent en s'apercevant. Rodolphe, qui avait
seulement envoyé sa carte, balbutia d'abord quelques excuses, puis s'enhardit et même poussa                  85
l'aplomb (il faisait très chaud, on était au mois
d'août) jusqu'à l'inviter à prendre une bouteille de
bière au cabaret.

Accoudé en face de lui, il mâchait un cigare tout
en causant, et Charles se perdait en rêveries devant          90
cette figure qu'elle avait aimée. Il lui semblait revoir
quelque chose d'elle. C'était un émerveillement. Il
aurait voulu être cet homme.

L'autre continuait à parler culture, bestiaux,
engrais, bouchant avec des phrases banales tous les           95
interstices où pouvait se glisser une allusion. Charles
ne l'écoutait pas ; Rodolphe s'en apercevait, et il

suivait sur la mobilité de sa figure le passage des
souvenirs. Elle s'empourprait peu à peu, les narines
battaient vite, les lèvres frémissaient ; il y eut même
un instant où Charles, plein d'une fureur sombre,
fixa ses yeux contre Rodolphe qui, dans une sorte
d'effroi, s'interrompit. Mais bientôt la même lassitude funèbre réapparut sur son visage.

— Je ne vous en veux pas, dit-il.

Rodolphe était resté muet. Et Charles, la tête dans
ses deux mains, reprit d'une voix éteinte et avec
l'accent résigné des douleurs infinies :

— Non, je ne vous en veux plus !

Il ajouta même un grand mot, le seul qu'il ait
jamais dit :

— C'est la faute de la fatalité !

Rodolphe, qui avait conduit cette fatalité, le trouva
bien débonnaire pour un homme dans sa situation,
comique même, et un peu vil.

Le lendemain, Charles alla s'asseoir sur le banc,
dans la tonnelle. Des jours passaient par le treillis ;
les feuilles de vigne dessinaient leurs ombres sur le
sable, le jasmin embaumait, le ciel était bleu, des
cantharides bourdonnaient autour des lis en fleur,
et Charles suffoquait comme un adolescent sous les
vagues effluves amoureux qui gonflaient son cœur
chagrin.

A sept heures, la petite Berthe, qui ne l'avait pas
vu de toute l'après-midi, vint le chercher pour dîner.

Il avait la tête renversée contre le mur, les yeux
clos, la bouche ouverte, et tenait dans ses mains une
longue mèche de cheveux noirs.

— Papa, viens donc ! dit-elle.

Et, croyant qu'il voulait jouer, elle le poussa doucement. Il tomba par terre. Il était mort.

Trente-six heures après, sur la demande de l'apothicaire, M. Canivet accourut. Il l'ouvrit et ne trouva
rien.

Quand tout fut vendu, il resta douze francs

soixante et quinze centimes qui servirent à payer le
voyage de Mlle Bovary chez sa grand-mère. La bonne
femme mourut dans l'année même ; le père Rouault
étant paralysé, ce fut une tante qui s'en chargea.
Elle est pauvre et l'envoie, pour gagner sa vie, dans    140
une filature de coton.

Depuis la mort de Bovary, trois médecins se sont
succédé à Yonville sans pouvoir y réussir, tant M.
Homais les a tout de suite battus en brèche. Il fait
une clientèle d'enfer ; l'autorité le ménage et l'opi-    145
nion publique le protège.

Il vient de recevoir la croix d'honneur.

---

• **La mort de Charles et le triomphe de Homais**

① Les sentiments prêtés à Charles (l. 121-123), la mention de
la mèche de cheveux noirs n'incitent-ils pas à voir aussi dans
ce pauvre homme une sorte de héros de l'amour, renouvelant
à son humble façon, et sans en rien savoir, la fidélité héroïque
de l'amour courtois ?

② Suggestion discrète (l. 140-141) du sort tragique qui attend
Berthe : les ouvrières des filatures avaient une espérance de vie
des plus réduites, et l'on a déjà appris (l. 17-18) qu'elle présentait des symptômes de tuberculose.

③ Le pharmacien s'était jadis fait tancer par le procureur du
roi pour exercice illégal de la médecine, et, à l'arrivée de Bovary
à Yonville, il s'était montré empressé et servile pour se le rendre
favorable. Mesurer le progrès de sa position (l. 142-146).

④ La brièveté des formules (l. 144-147) marque le caractère
absolu du triomphe du pharmacien. Quelle moralité se dégage
de la dernière phrase ?

# ÉTUDE LITTÉRAIRE

## COMPOSITION ET THÈMES DE L'OEUVRE

Une chose paraît, dès l'abord, insolite : le premier chapitre ne parle pas de celle qui, à juste titre, donne son nom à l'œuvre. Mieux encore, rien ne prépare directement le lecteur à l'accueillir, et il faudra attendre le sixième chapitre pour que l'on fasse vraiment connaissance avec elle.

Si l'on considère maintenant la fin de l'œuvre, on constate que le souvenir même d'Emma Bovary est presque effacé quand le livre se clôt. Qui, en effet, se souviendra d'elle ? Sa fille ? Certes, mais c'est une enfant promise à une mort prochaine. Justin, devenu garçon épicier ? Sans doute, mais le souvenir déchirant de sa muette passion d'adolescent restera muré au plus profond de lui-même. Quand le lecteur arrive au bout du livre, c'est le triomphe final et, semble-t-il, durable de M. Homais qui s'impose à lui plus que la destinée d'Emma.

Cette singularité a inspiré à J. Rousset les réflexions suivantes (*op. cit.,* pp. 112-113) : « On s'étonne d'abord de l'ordonnance générale du livre, qui exclut l'héroïne de l'ouverture et de l'épilogue [...]. La disposition qui donne à Charles Bovary un poste central au début et à la fin était prévue dès les premiers scénarios, la seule modification survenue en cours de route concernant l'importance prise par Homais dans les dernières pages. Or ces deux personnages, présentés de loin et de l'extérieur, personnages objets, consciences opaques, assurent au roman une entrée et une sortie où règne souverainement le point de vue de qui se met en lisière du spectacle, le considère de haut et à distance, et ne veut rien savoir des motivations secrètes de figures qu'il traite en pantins : l'entrée de Charles dans la classe, qui est son entrée dans notre champ visuel, assimilé à celui de ce curieux *nous* appelé à disparaître rapidement ; et, à l'autre extrémité, en une symétrie savoureuse [...] la sortie triomphalement bouffonne de l'apothicaire. Flaubert a placé là, aux deux portes de l'ouvrage où il prend contact et congé, le maximum d'ironie et de sarcasme triste, parce que c'est là qu'il regarde du regard le plus étranger. »

Cette *ironie*, ce *sarcasme triste,* qui règnent au début et à la fin de l'œuvre, sont donc pour Flaubert une façon de *régler son compte* à la vie, mais aussi d'enchâsser la figure de son héroïne entre deux personnages repoussoirs, car, avec tous ses défauts, cette héroïne était chère au cœur du romancier.

Seconde chose insolite : on ne retrouve pas ici le schéma habituel d'une intrigue de roman qui se développe en renouvelant les points de vue de façon que les protagonistes, aux prises avec des expériences nouvelles, réalisent leur destin au terme d'une vie dont les étapes offriront l'image d'une progression, non d'une répétition. C'est justement de cette conception d'une œuvre en expansion continue que s'est écarté Flaubert dans *Madame Bovary*. Voici comment V. Brombert présente la technique de composition adoptée pour notre roman (*op. cit.,* pp. 54-55) : « Flaubert conçoit des totalités qui se suffisent, mais qui s'intègrent dans une totalité plus large. D'où l'habitude de composer par *blocs :... les livres ne se font pas comme les enfants, mais comme les pyramides, avec un dessin prémédité, et en apportant* des grands blocs *l'un par-dessus l'autre, à force de reins, de temps et de sueur* [...]. Flaubert a conçu son roman autour d'une série de scènes clés : le bal à La Vaubyessard, la visite au curé, les comices agricoles, la scène de séduction près de l'étang, les

rendez-vous de Rouen, la mort d'Emma... Mais, à
côté de ces scènes qui constituent des temps forts
(l'invitation à La Vaubyessard est *quelque chose
d'extraordinaire*, la soirée fait *un trou dans sa vie*),
Flaubert a admirablement suggéré le temps amor-
phe, le temps de l'habitude anesthésiante et de l'in-
différenciation. D'un bout à l'autre du livre, il fait
jouer les lenteurs de l'imparfait contre les secousses
du prétérit. »

L'allusion faite par Flaubert à des *pyramides* serait
trompeuse si elle nous imposait l'image d'une intrigue qui, assimilant progressivement tous les éléments
qu'elle rencontre, viendrait en quelque sorte culmi-
ner en un sommet où tout se trouverait récapitulé.
Non, l'idée importante, pour Flaubert, est celle de
*blocs* quasiment autonomes qui, juxtaposés plutôt
qu'entassés, donnent à l'intrigue la figure, non d'une
progression, mais d'une répétition, l'effet dramati-
que provenant d'une détérioration des situations
analogues successives.

Pourquoi donc cette construction inhabituelle a-t-
elle été retenue pour *Madame Bovary* ? La réponse
se trouve au cœur même de la personnalité de l'auteur. Sa vision pessimiste du monde, l'expérience de
sa propre vie avec son enfance peu heureuse, sa
passion interdite, l'épée de Damoclès de la crise
nerveuse, tout le porte à imaginer les êtres de fiction
qu'il sent les plus proches de lui dans une perspective
de passivité et d'échec. Et comment mieux exprimer
la réalité de l'*échec* qu'en présentant des expériences
analogues tournant court les unes après les autres,
surtout s'il y a une dégradation progressive de l'une
à l'autre ?

Considérons, par exemple, la situation d'Emma
quand, un jour, sentant Léon las de leur liaison, elle
se repose un instant sous les murs du couvent où,
jeune pensionnaire, elle avait senti germer et grandir
en elle tous ses rêves d'idéal : « ... elle n'était pas

heureuse, ne l'avait jamais été. D'où venait donc cette insuffisance de la vie, cette pourriture instantanée des choses où elle s'appuyait ? » (III, 6). Cette sorte de retour à la case de départ, mais avec le sentiment de l'écroulement successif de ses espérances, est justement rendu par cette pause près des murs du couvent de sa jeunesse, mais cette fois *à l'extérieur*. Le cercle de son existence est parcouru, et il ne reste en elle aucune trace du bagage d'espoirs — et d'illusions — avec lequel elle était partie.

Et la même dégradation affecte les autres retours de situations similaires : « Chaque épisode contient en puissance la situation suivante, et annonce son résultat identiquement négatif. Le *corridor tout noir* de son avenir à Tostes prépare la nuit complète où elle sombre lors du départ de Léon ; c'est dans l'obscur capharnaüm de l'apothicaire qu'elle trouve le remède à son désespoir infini : le poison qui l'entraîne dans une nuit éternelle. Le bal à La Vaubyessard, qui illumine le début de sa vie à Tostes, est repris d'une façon dérisoire par le bal masqué à Rouen : ses rêves romanesques de fêtes luxueuses aboutissent à un vulgaire déguisement. La promenade à cheval est un abandon tranquille aux joies de l'adultère, qui préfigure la course folle du fiacre à travers Rouen. [...] L'ombre de Rodolphe ne cesse pas, d'ailleurs, de planer au-dessus de la seconde liaison de Mme Bovary. Les amants ne font pas mieux que de choisir, pour leur promenade sentimentale nocturne, une barque où Rodolphe a joyeusement terminé une journée de fête galante. [...] Dans le dédale des rues de Rouen qui la conduisent vers Léon, elle s'attend toujours à rencontrer Rodolphe. Les deux expériences amoureuses se rejoignent dans sa pensée, avec une dépendance étroite : l'adultère répète l'adultère, qui n'est lui-même qu'une reproduction du mariage. Cette impression vague se concrétise lorsque Rodolphe devient la dernière personne à qui elle peut demander de l'argent. Avant de mourir, elle est réduite à se prostituer devant Rodolphe : elle revient à ses premières amours pour en découvrir rétrospectivement le néant » (*École des Lettres,* 61e année, n° 8, pp. 3-4).

La mort même d'Emma lui dérobe cet instant où la plus médiocre des vies connaît, au moment de disparaître, une fugitive noblesse. Son rire *atroce, frénétique, désespéré* met le sceau final à l'échec d'une existence qui, pourtant, n'avait cessé, même en se fourvoyant, d'aspirer à un idéal.

La structure répétitive de l'œuvre s'accorde bien avec la conception déterministe de l'existence qui était celle de Flaubert, car, si les circonstances changent, les personnages, eux, ne changent pas fondamentalement. Certains thèmes vont donc réapparaître parce qu'ils correspondent à la réalité profonde des caractères ou reflètent l'ambiance qui influe sur les personnages.

## Les thèmes hérités du romantisme

### L'amour fou

L'âme romantique s'est traditionnellement nourrie d'une insatisfaction du présent qui l'entraîne à rêver d'un monde idéal où se réaliseraient les aspirations les plus sublimes — celles du cœur en particulier —, monde idéal à jamais inaccessible, comme J.-J. Rousseau l'affirmait déjà en se confiant à M. de Malesherbes : « Quand tous mes rêves se seraient tournés en réalités, ils ne m'auraient pas suffi : j'aurais imaginé, rêvé, désiré encore » (IIIe Lettre à M. de Malesherbes).

Au temps de Flaubert, une touche de frénésie et de sadisme était venue corser ces aspirations vagues, et les œuvres de jeunesse de notre auteur ne reculent devant aucune audace. De ces excès, il est aisé de trouver la trace dans les aventures mêmes où Emma Bovary non seulement se laisse entraîner, mais encore se jette elle-même avec une sorte de fureur. Il est vrai qu'à ses yeux l'adultère se pare des mérites d'une revanche justifiée à l'égard des déficiences de son époux et de la médiocrité du cadre de sa vie. Cependant, parmi les rares passages de ce roman qui échappent à la platitude et brillent d'un éclat que rien ne vient ternir, se trouve la peinture des folles amours de l'héroïne avant qu'elles ne connaissent, elles aussi, l'usure et la dégradation. Ne serait-ce pas, chez notre auteur, le signe d'une nostalgie des enivrements romantiques de sa jeunesse ?

## Le voyage

Mais si l'adultère est une forme exacerbée de la quête d'un *ailleurs* auquel aspire toute âme romantique, le voyage en est la configuration idéale, surtout s'il s'épargne les déceptions en restant à l'état de rêve...

*Ah ! que le monde est grand à la clarté des lampes !*
*Aux yeux du souvenir que le monde est petit !*
     *(Baudelaire,* Les Fleurs du mal, *CXXVI, v. 3-4)*

Il est difficile d'avoir aussi peu voyagé que Madame Bovary qui, semble-t-il, n'a jamais franchi les limites du département où elle est née. Mais le désir ou le rêve du voyage ne cessent de la hanter depuis son adolescence. Aussi incarne-t-elle bien l'insatisfaction romantique avec son cortège de compensations désirées, au premier rang desquelles l'envol vers une contrée lointaine dont on attend monts et merveilles.

Les gravures maniérées et naïves des keepsakes que lui montraient ses camarades de pension (voir p. 42) lui fournissaient tout le bric-à-brac exotique propre à meubler ses rêves de jeune fille. Une fois mariée, se heurtant aux limites de son mari et de la vie d'un petit bourg, elle saisit la moindre occasion pour imaginer un *ailleurs* merveilleux. C'est son soudard de beau-père qui la fait rêver en l'entretenant « de Berlin, de Vienne, de Strasbourg, de son temps d'officier, des maîtresses qu'il avait eues... » (II, 3). C'est le roulement prosaïque des voitures de mareyeurs filant sur Paris qui lui fait imaginer les éblouissements du luxe et les raffinements de la distinction (I, 9). Et quand elle ne peut plus supporter Charles et pense avoir convaincu Rodolphe de l'enlever, c'est dans des visions de voyage qu'elle coule son aspiration au bonheur absolu.

Son expérience, hélas pour elle ! fut loin de répondre à son attente. Certes, la première promenade avec Rodolphe, promenade fatale pour sa vertu mais dont elle revient triomphante, n'est pas complètement privée de l'aspect prestigieux du voyage parce que l'art du romancier donne à cette courte escapade la tournure d'un réel dépaysement (voir p. 90). En revanche, quand elle devient la maîtresse de Léon, c'est au cours d'une pitoyable caricature de voyage : la course désordonnée d'un fiacre dans les endroits les plus déshérités d'une ville portuaire. Et dans la suite de leur liaison, Emma doit subir l'inconfort et la promiscuité des allers et retours dans l'*Hirondelle*, auxquels s'ajoutent les apparitions effrayantes de l'aveugle. Il lui faut l'effervescence de l'amour pour sentir encore palpiter en elle une émotion à la vue de la ville où elle se rend chaque semaine (voir pp. 118-119).

Flaubert a donc pu jouer sur ce thème du voyage sans accorder à la pauvre Emma autre chose que l'amorce dérisoire d'un dépaysement. Après les aspirations aux ivresses durables de la passion, dans le mariage ou dans l'adultère, l'aspiration vers un *ailleurs* se solde elle aussi par un échec flagrant.

## La tristesse de la réalité

Que la réalité soit triste — thème romantique banal —, c'est une conviction qui ressort souvent dans la correspondance de Flaubert, et son héroïne se débattra en vain tout au long du roman pour échapper à un profond sentiment de tristesse. Dans cette lutte, Emma se trouvera seule, car, si on met à part Justin et, dans une certaine mesure, Léon, elle se meut dans un monde de gens satisfaits, ou qui ne demandent qu'à se sentir satisfaits. La béatitude de Charles serait complète si Emma demeurait l'épouse attentionnée des premiers temps du mariage. Quant à Binet, ou Homais, ou même Rodolphe, ils sont parfaitement contents d'eux-mêmes. Emma tranche sur cette humanité médiocre. Si elle n'a pas la sagesse, l'intelligence, le courage de trouver des raisons de vivre qui lui permettraient de tolérer la vulgarité environnante sans se laisser salir par elle, elle a du moins le mérite de souffrir de la routinière platitude dont tous les autres s'accommodent sans peine, et l'on peut croire que son créateur lui en sait gré.

« La conversation de Charles était plate comme un trottoir de rue et les idées de tout le monde y défilaient dans leur costume ordinaire, sans exciter d'émotion, de rire ou de rêverie » (I, 7). Cette monotonie vide de la conversation de son mari semble marquer aussi tout ce qui entoure Emma : « Tous les jours, à la même heure, le maître d'école, en bonnet de soie noire, ouvrait les auvents de sa maison, et le garde champêtre passait, portant son sabre sur sa blouse. Soir et matin, les chevaux de la poste, trois par trois, traversaient la rue pour aller boire à la mare » (I, 9).

Les visites quotidiennes de Homais au cours du dîner n'ont pas davantage de piquant, et l'on ne s'étonne pas, dans ces conditions, de voir Emma se décourager dans ses tentatives d'échapper à cette ambiance en cultivant ses quelques talents (la musique, le dessin, la langue italienne...).

L'*ennui* est donc le sentiment dominant qui entraîne Emma à l'irritabilité, à la révolte, à l'aventure. Après s'être répété : « Pourquoi, mon Dieu, me suis-je mariée ? », elle concevra de façon plus aiguë que la vie est mal faite : « Elle se demandait s'il n'y aurait pas eu un moyen, par d'autres combinaisons du hasard, de rencontrer un autre homme ; et elle cherchait à imaginer quels eussent été ces événements non survenus, cette vie différente, ce mari qu'elle ne connaissait pas. » Et encore : « Mais elle, sa vie était froide comme un grenier dont la lucarne est au nord, et l'ennui, araignée silencieuse, filait sa toile dans l'ombre, à tous les coins de son cœur » (I, 7).

Facilement conquise par ses deux amants successifs, Emma, la première exaltation passée, retrouve la routine à laquelle elle avait cru échapper : « ... au bout de six mois, quand le printemps arriva, ils se trouvaient, l'un vis-à-vis de l'autre, comme deux mariés qui entretiennent tranquillement une flamme domestique » (II, 10). Cela pour Rodolphe. Et voici pour Léon : « Elle était aussi dégoûtée de lui qu'il était fatigué d'elle. Emma retrouvait dans l'adultère toutes les platitudes du mariage » (III, 6).

Tristesse d'une réalité où, pour tenter d'échapper enfin à l'ennui, Emma prend des manières provocantes. Mais, « malgré ses airs évaporés (c'était le mot des bourgeoises d'Yonville), Emma, pourtant, ne paraissait pas joyeuse » (II, 7).

La dernière de ses folies est de se mêler, à Rouen,

au bal masqué de la mi-carême : « Elle sauta toute la nuit, au son furieux des trombones ; on faisait cercle autour d'elle ; et elle se trouva le matin sur le péristyle du théâtre, parmi cinq ou six masques, débardeuses ou matelots... » Cette fois, la vulgarité de cette compagnie l'oblige à se ressaisir : « Elle aurait voulu, s'échappant comme un oiseau, aller se rajeunir quelque part, bien loin, dans les espaces immaculés » (III, 6). Trop tard, car, revenant à Yonville, elle trouve le jugement qui la menace de saisie dans les vingt-quatre heures.

L'*ennui* a donc poussé et accompagné Emma sur les voies qui l'ont conduite à sa perte. Mais ce sentiment n'a pas toujours chez elle la dimension métaphysique qu'on lui trouve fréquemment dans les œuvres romantiques. Il provient parfois de déceptions tout à fait terre à terre : « Elle s'irritait d'un plat mal servi ou d'une porte entrebâillée, gémissait du velours qu'elle n'avait pas, du bonheur qui lui manquait, de ses rêves trop hauts, de sa maison trop étroite » (II, 5).

Illustré de cette façon, c'est plutôt au réalisme que s'apparenterait le thème de l'ennui. D'autres thèmes entrent franchement dans cette catégorie.

## Les thèmes réalistes

### La sensualité

La sensualité apparaissait sous une forme sublimée dans la plupart des œuvres romantiques. Sans être d'une présence envahissante dans *Madame Bovary*, elle s'y montre à sa juste place, sans clin d'œil au lecteur — quoi qu'en ait dit le procureur Pinard —, et comme observée objectivement par un médecin psychologue.

Ainsi d'une des premières rencontres de Charles avec sa future femme, chez qui on devine une sensualité qui se cherche : « Elle alla donc chercher dans l'armoire une bouteille de curaçao, atteignit deux petits verres, emplit l'un jusqu'au bord, versa à peine dans l'autre et, après avoir trinqué, le porta à sa bouche. Comme il était presque vide, elle se renversait pour boire ; et la tête en arrière, les lèvres avancées, le cou tendu, elle riait de ne rien sentir, tandis que le bout de sa langue, passant entre ses dents fines, léchait à petits coups le fond du verre » (I, 3).

Sautant à la fin du livre, nous trouvons la sensualité désespérée qui marque la fin de sa liaison avec Léon (voir p. 127), puis la sensualité, alliée à un élan mystique, du baiser au crucifix (voir p. 144).

## La mort

La sensualité peut être aussi prémonitrice de la *mort* : « Cependant, il y avait sur ce front couvert de gouttes froides, sur ces lèvres balbutiantes, dans ces prunelles égarées, dans l'étreinte de ces bras, quelue chose d'extrême, de vague et de lugubre, qui semblait à Léon se glisser entre eux, subtilement, comme pour les séparer » (voir p. 127).

Et Flaubert ne consacre pas moins de douze pages à raconter ce qui se passe entre l'absorption de l'arsenic et le dernier souffle d'Emma. La précision clinique apportée à la description des différentes phases de l'empoisonnement, les notations des gestes, des jeux de physionomie, des paroles d'Emma, tout concourt à faire de cette longue scène un chef-d'œuvre de l'art réaliste, aux antipodes des fins indolores et sublimes de tant de personnages romantiques (pensons à la mort d'Atala ou au double suicide d'Hernani et de Doña Sol).

## L'argent

Thème réaliste par excellence, il tient une place considérable dans les romans de Balzac. Son rôle est indéniable dans *Madame Bovary* puisque l'argent est la cause directe du suicide de l'héroïne. Mais, paradoxalement, les personnages de notre roman, Lheureux excepté, sont indifférents à l'argent tant que celui-ci ne vient pas du dehors s'imposer à leur attention. Le seul Lheureux tisse patiemment la toile où succomberont ses victimes, le cabaretier Tellier d'abord, puis Emma Bovary. Mais le marchand de nouveautés est loin d'avoir l'envergure des hommes de proie de Balzac. Il reste prudemment à couvert du point de vue de la légalité, et son ambition est patiente : pour arriver à charger Emma de huit mille francs de dettes, il lui faut des mois et des mois de manœuvres cauteleuses et de démarches obséquieuses.

En dehors de Lheureux, les autres personnages pensent à l'argent le moins possible, ou même n'y pensent pas du tout. Homais, par exemple, trouve dans la prospérité de son officine une satisfaction d'orgueil bien plus que le plaisir d'arrondir sa fortune. Charles, lui, ne se hasarde à échafauder des plans financiers, et encore sont-ils bien naïfs, qu'en pensant à l'éducation de Berthe. Quant à Emma, il faut qu'elle ait la tête bien peu faite à ce genre de questions pour se laisser prendre dans les rets de Lheureux. Ses premiers caprices et, plus tard, ses prodigalités envers Léon semblent l'avoir laissée sans force pour se livrer aux calculs, pourtant simples, qui lui auraient permis de connaître quelles sommes elle s'engageait à rembourser, et à quelles échéances. « Souvent même, Emma recevait des assignations, du papier timbré qu'elle regardait à peine » (III, 6).

Les indélicatesses mêmes qu'elle commet au détriment de son mari ne la troublent pas, parce que, pour elle, l'argent n'est rien en soi. D'où sa stupeur quand Lheureux, jugeant le fruit mûr, adopte la manière brutale (voir p. 129). Emma peut bien alors faire le tour de ses connaissances, elle se heurte pour la première fois à la réalité inflexible de l'argent. Une seule personne accepterait de la sauver, le notaire Guillaumin, mais à condition qu'elle se déshonore avec lui...

Il ne lui reste alors qu'à mourir. « Quoi de moins romantique qu'un suicide d'argent ! Les héros de proue de la nouvelle école se tuent par honneur, désespoir d'amour, refus d'un univers où la poésie n'a pas de place. Dans ce roman vulgaire, Emma survit à l'échec de son mariage et à l'abandon de Rodolphe. Mais elle s'empoisonne quand il lui manque huit mille francs » (R. Baniol, o.c., p. 67).

Le réalisme — si l'on voit dans ce terme honni par Flaubert le refus d'embellir la réalité —, le réalisme, donc, est bien présent tout au long de l'œuvre, même lorsque de grands thèmes romantiques la traversent. On va voir comment il transparaît aussi dans les personnages.

## LES PERSONNAGES

### Emma Bovary

« Simple petite fille de la campagne, élevée à la ferme, à peine dégrossie par un séjour chez les sœurs, elle se grise d'une vision mythique de la vie, amoureuse d'un idéal aussi inaccessible que l'étoile de Ruy Blas. N'est-ce pas une marque d'infirmité, de paresse à vivre, d'insuffisance dans la volonté, de lâcheté devant les responsabilités concrètes, n'est-ce pas un choix de passivité semblable à celui de Flaubert que de se réfugier dans un rêve idyllique, en refusant la vie simple, puis en reniant la vie tout court par un suicide tapageur ? Car enfin ce mariage avec le médecin du canton était somme toute inespéré pour la fille du fermier [...] La paresse l'incite au contraire à suivre la pente familière de son rêve, le vieux démon routinier de son adolescence qui la pousse dans une fallacieuse illusion justifiée du beau nom d'Idéal » (R. Baniol, *op. cit.,* pp. 11-12).

Voilà une description lucide de cette maladie de la personnalité qui a pris le nom de *bovarysme*. Faut-il accabler Emma Bovary encore davantage en disant d'elle, comme le fait A. Thibaudet (*op. cit.,* p. 101) : « En dehors de son désir et de ses sens, tout en elle est médiocre » ? Flaubert, qui haïssait la médiocrité, n'aurait sans doute pas souscrit à cette condamnation. Voit-on jamais, en effet, Emma Bovary se contenter de satisfactions au rabais ? Lorsque la satiété s'introduit dans ses liaisons avec Rodolphe, puis avec Léon, elle n'en prend pas son parti mais tente désespérément de ranimer la flamme de la passion. « La plus grande souffrance d'Emma est d'entrevoir que ses rêves sont sans pouvoir sur l'ordre des choses » (V. Brombert, *op. cit.,* p. 72). Ce refus du réel n'est assurément pas sagesse, surtout lorsqu'il la rend aveugle à la dévotion unique de son mari et lui fait oublier ce qu'elle doit à sa fille. Mais si l'on considère l'océan de médiocrité au milieu duquel elle se débat, on peut admettre que, si déraisonnable et vouée à l'échec que soit sa recherche d'un idéal, elle lui confère une sorte de grandeur, particulièrement sensible dans son geste ultime : « ... elle s'en retourna subitement apaisée, et presque dans la sérénité d'un devoir accompli » (voir p. 137).

Sur cet idéal, dont la quête obstinée perd Emma, mais en même temps la sauve aux yeux de son créateur, Cl. Digeon écrit (*op. cit.,* p. 74) : « Mais cet idéal, qui l'a séduite et corrompue, elle y croit et meurt (aussi) victime de sa chimère. Sa sincérité dans le faux lui donne sa pauvre grandeur. Voulant sortir du commun, elle a subi une loi commune, celle des idées reçues. Pratiques édifiantes, images de convention, absurdes histoires d'amour ont façonné cette aspiration ; l'écrivain en dénonce le conformisme prétentieux et y discerne une réalité fondamentale, le désir. Emma n'est pas destinée à rencontrer le merveilleux amour, mais l'homme réel, cynique ou tendre, qui satisfera ce désir. C'est pourquoi ses *poétiques* conversations avec Léon, avec Rodolphe (avant l'adultère) révèlent une *sous-conversation* plus profonde, la réalité authentique d'une attirance réciproque. Mais Emma fait de ces beaux mensonges sa vérité, recherche passionnément le mirage, et meurt d'une illusion suprême. [...] La poétique de l'amour qu'adopte Emma est fausse [...] et elle dégrade. Mais cette erreur devient pathétique et elle correspond à une juste haine de la vie ordinaire et médiocre. »

De cette vie *ordinaire* et *médiocre*, son mari était le premier exemple.

## Charles Bovary

Symbole de la nullité, l'officier de santé est pourtant le seul personnage du roman que les circonstances élèvent au-dessus de lui-même. Il est certes aisé de dresser la liste de ses ridicules et de ses insuffisances, depuis son entrée remarquée au collège jusqu'à son tête-à-tête piteux avec Rodolphe. Il est vraiment, comme le dit Emma (voir p. 105), celui qui *ne comprend rien*, qui ne *sent rien*. Il y a même quelque chose de tragique à le voir épanoui dans son illusion de bonheur conjugal tandis que sa femme sent grandir au fond d'elle-même sa haine pour lui.

Mais, remarque Cl. Gothot-Mersch (*op. cit.,* p. 285), « avec Emma, Charles est le seul personnage que Flaubert ait créé comme un véritable caractère. L'écrivain a soigneusement évité de le réduire au rôle du mari trompé et qui mérite de l'être. La sincérité de son amour conjugal introduit, dans *Madame Bovary*, le pathétique ».

Oui, tout pauvre homme qu'il fût, il n'a pas hésité à sacrifier une bonne clientèle pour assurer à sa femme un changement d'air favorable à sa santé. Jamais on n'entend de sa bouche une plainte ou un reproche, si désolante que devienne l'atmosphère de son foyer. Pris entre sa mère et sa femme, c'est du côté de celle-ci qu'il finit toujours par se ranger, et Emma sait bien que, quoi qu'elle fît, il lui aurait toujours pardonné, ce qui est d'ailleurs pour elle un motif de plus de le haïr : « Oui, murmurait-elle en grinçant des dents, il me pardonnera, lui qui n'aurait pas assez d'un million à m'offrir pour que je l'excuse de m'avoir connue » (III, 7).

Un attachement canin comme celui de Charles n'est pas en soi la marque d'un grand esprit, mais il suffit pour l'élever moralement au-dessus des autres personnages du roman. « Sa passion est si enracinée en lui qu'il la pousse jusqu'au point extrême de se laisser mourir d'amour, et d'amour uniquement, dans la solitude et le silence, alors que le motif d'argent est prédominant dans le suicide d'Emma. Si le matérialisme chez lui l'avait emporté sur la passion ; si les béatitudes du quotidien, conversations avec les paysans dans les cuisines des fermes, petits sommes les pieds au feu, avaient occupé dans son cœur la plus grande place, il se serait réadapté à la vie. Au contraire, perdant tout à la mort de sa femme, privé de l'attachement exclusif qui était sa raison d'être, il se laisse glisser hors d'un monde vide où plus personne ne le retient » (R. Baniol, *op. cit.*, p. 91).

## Les séducteurs

Quoique bien différents l'un de l'autre, après avoir été frôlés par le vertige de la passion, ils se retrouveront tous les deux solidement établis dans la vie, tandis que s'évanouira même le souvenir d'Emma et de Charles.

Léon était timide, veule, poltron. Rodolphe était un hobereau sans-gêne, un homme à femmes. L'un et l'autre pourtant ont ébloui Emma et lui ont fait croire qu'elle avait touché les sommets de l'amour idéal.

Ce qui émut d'abord Emma en Léon, ce fut une communion dans l'idéal factice d'un romantisme fade, et aussi cette mièvrerie qui lui faisait sentir sa propre supériorité.

Avec Rodolphe, elle eut au contraire affaire à un séducteur expérimenté qui, pour la réduire à sa merci, lui présenta l'autre visage du romantisme, à savoir l'exaltation des êtres d'exception à qui leur passion confère le droit de planer au-dessus des obligations de la morale commune. Mais, une fois sa conquête achevée, une fois passé le charme de la nouveauté, « il jugea toute pudeur incommode, il la traita sans façon. Il en fit quelque chose de souple et de corrompu » (II, 12). Ébranlé pourtant au point de promettre de l'enlever, il se reprend au dernier moment et n'apparaîtra plus dans la vie d'Emma que pour lui refuser le secours qui l'aurait sauvée.

Léon prit le relais de Rodolphe. Revenu de Paris avec cette fatuité que donne la fréquentation des grisettes, il s'empare d'Emma avec la brutalité d'un timide, mais celle-ci le domine vite à son tour, le comblant de cadeaux, le retenant de force dans une liaison qui lui pèse, et même l'effraie de plus en plus : « … il devenait sa maîtresse plutôt qu'elle n'était la sienne » (III, 5). Et quand Emma, aux abois, vient lui demander de l'aider, serait-ce au prix d'une indélicatesse, il n'a pas le courage de refuser ouvertement, mais il se dérobe piteusement en recourant à un mensonge.

Dans la suite, on apprendra seulement de lui qu'installé notaire à Yvetot peu après ces événements il a épousé « Mlle Léocadie Lebœuf, de Bondeville ». Il est dès lors peu probable que le fantôme d'Emma revienne souvent le hanter...

## Le curé

Le portrait qu'en trace Flaubert est d'autant plus accablant qu'aucun défaut particulier ne vient aggraver le cas de l'abbé Bournisien. Il lui suffit d'être candidement ce qu'il est pour incarner la totale nullité.

Le teint fleuri, une carrure d'athlète, il exerce consciencieusement son métier de prêtre. Il lui manque seulement l'essentiel : le sens religieux. Quand Emma, dont la vie conjugale est pour elle un supplice sans cesse renouvelé, vient quêter auprès du curé un secours spirituel, celui-ci ne comprend rien à ses supplications discrètes, mais pressantes, et traduit tout en termes d'épaisse matérialité : « Il me semble à moi que lorsqu'on est bien chauffé, bien nourri... car, enfin... — Mon Dieu ! mon Dieu ! soupirait-elle. — Vous vous trouvez gênée ? fit-il en s'avançant d'un air inquiet ; c'est la digestion, sans doute ? » (II, 6).

Plus tard, au chevet d'Emma mourante, il n'oubliera aucun des gestes et des rites prescrits, mais on peut douter qu'il ait le moindre accent de conviction véritable quand il lui dit, comme à n'importe quel autre mourant, « qu'elle devait à présent joindre ses souffrances à celles de Jésus-Christ et s'abandonner à la miséricorde divine » (voir p. 144).

Si l'on pense maintenant à ses rencontres avec le pharmacien, on constate qu'il n'a jamais la sagesse ni la dignité de se refuser à ces joutes oratoires où la sottise humaine est seule à triompher, bien que l'agressivité supérieure de M. Homais donne à chaque fois à ce dernier l'apparence de la victoire.

## Le pharmacien

Rares en effet sont les cas où M. Homais apparaisse penaud. On apprend qu'il n'en avait pas mené large quand le procureur du roi l'avait tancé pour exercice illégal de la médecine (II, 3), et il ne dut pas non plus être bien fier quand le Dr Larivière lui dit qu'« il aurait mieux valu lui introduire vos doigts dans la gorge » plutôt que de faire une analyse (III, 8).

Ces deux cas mis à part, rien ne trouble la satisfaction de soi-même du pharmacien, rien n'entrave son ascension sociale. Certes, cet homme qui assomme tant de gens de ses bavardages prétentieux ne tient dans l'intrigue qu'un rôle modeste. Mais ce rôle est toujours malencontreux. C'est lui, par exemple, qui a l'idée absurde de l'opération du pied-bot, opération dont le lamentable échec étouffe définitivement en Emma ses velléités de se rapprocher de son mari. C'est lui encore qui suggère à Charles d'emmener sa femme à Rouen pour assister à une représentation où elle va revoir Léon, mais Homais n'est ici que l'instrument inconscient du destin, comme il le sera encore quand, en se livrant à une de ces grandes scènes théâtrales qu'il affectionne, il dévoilera étourdiment à Emma le secret de la cachette où il garde son arsenic.

Au fond, Flaubert aurait pu, sans trop de peine, se passer de M. Homais dans l'économie de son roman. Pourquoi donc a-t-il campé avec un tel luxe de détails ce personnage qui, tel Tartuffe, a donné son nom à un type humain ? Sans doute pour incarner la sottise humaine sous sa forme moderne la plus

agressive. Car cette haine de la médiocrité prétentieuse, de la bêtise, de la demi-science, Flaubert la
portait en lui depuis longtemps, et son *Dictionnaire
des idées reçues* condense des années d'observation
sarcastique des opinions des hommes. Mais si la
création du personnage de M. Homais lui permet de
laisser voir le fond de sa pensée sans ménagement,
elle a aussi l'avantage de rehausser le personnage
d'Emma auquel tout l'oppose.

Discerne-t-on en effet la moindre trace de sensi-
bilité chez M. Homais ? Il n'aime personne, sauf
lui-même. Sa femme n'est pour lui qu'un objet, ses
enfants ne sont que les hochets de sa vanité, et les
atroces souffrances d'Emma mourante ne
déclenchent chez lui que les réactions verbeuses de
sa pseudo-science. Quant à sa filleule devenue
orpheline, on sait le cas qu'il en fit (voir p. 159).

Sans cœur, il est également sans intelligence. Sa
vanité le pousse à tenter d'éblouir aussi bien un
grand médecin comme le docteur Larivière que les
gens simples et à se croire à l'avant-garde du progrès. Faux savant, mais esprit pratique, il représente,
face à Emma, la négation de l'Idéal, la victoire sans
retenue de la médiocrité.

# L'ARTISTE ET SON OEUVRE

On connaît la formule de Flaubert. « L'artiste doit être dans son œuvre comme Dieu dans la Création, invisible et tout-puissant, qu'on le sente partout, mais qu'on ne le voie pas » (*Corr.*, III, 326).

A part le *nous* collectif — et fugitif — du premier chapitre, il est vrai qu'on ne voit pas l'artiste dans son œuvre, vrai également qu'on le sent partout.

L'acte d'écrire en lui-même engageait profondément l'auteur. « Dans ma pauvre vie si plate et si tranquille, dit-il, les phrases sont des aventures. » Sans doute entendait-il ces mots dans un sens esthétique, et l'on connaît l'importance qu'il donnait à la valeur poétique, laborieusement conquise, de sa prose. Mais, si on le *sent partout*, ce n'est pas seulement parce que l'on devine la somme d'efforts qu'il a dépensée pour approcher de la perfection stylistique, c'est surtout parce que « l'origine de son livre ne se trouve pas ailleurs qu'en lui-même » (Cl. Digeon, *op. cit.*, p. 63).

« *Madame Bovary* est Flaubert, d'abord parce qu'il a prêté au personnage son propre tempérament, et ensuite parce que la réalité d'information, neutre en soi, a rencontré en lui une réalité intérieure, expérimentale et spéculative, qui a servi de tremplin pour la transformation d'un simple fait divers en une œuvre originale » (Cl. Gothot-Mersch, *op. cit.*, p. 86).

Mettons quand même à part les passages où l'auteur semble avoir atteint à une sorte d'objectivité scientifique, comme lorsqu'il décrit la maison de la nourrice (voir pp. 65-66). Mais quand l'auteur en vient à ses protagonistes, sa *réalité intérieure* transparaît dans les sentiments qui semblent guider sa plume : colère, ironie, pitié, nostalgie du bonheur...

Sa colère vise essentiellement le couple des deux imbéciles antagonistes, le curé et le pharmacien, les traits les plus forts atteignant le pharmacien parce que sa sottise est la plus inventive, la plus prétentieuse et la plus bavarde.

L'ironie, elle, s'exerce dans un champ plus vaste. Liée à la colère, elle atteint surtout les deux séducteurs. Mêlée de sévérité ou d'indulgence, tantôt triste, tantôt amusée, elle règne dans presque toutes les scènes où apparaissent Charles et Emma Bovary. Et l'on est presque étonné que Flaubert, en quelques pages, accorde à Emma la grâce d'un bonheur parfait (voir pp. 120-123).

Notons qu'en cours d'élaboration de ce roman, son auteur a écrit dans une lettre : « Ce sera, je crois, la première fois que l'on verra un livre qui se moque de sa jeune première et de son jeune premier. L'ironie n'enlève rien au pathétique ; elle l'outre, au contraire. Dans ma troisième partie, qui sera pleine de choses farces, je veux qu'on pleure » (*Corr.,* III, 43). Cette troisième partie terminée, Flaubert lui-même aurait été bien en peine d'y trouver beaucoup de *choses farces*, mais il pouvait honnêtement se vanter d'y avoir fait vibrer un *pathétique* intense.

Seulement, l'expression de ce pathétique restait discrète, dépouillée même, comme une confidence faite à voix basse, tandis qu'un romantique, dans des situations analogues, aurait appuyé ses effets.

Reprenons donc une formule de Flaubert lui-même pour louer sa probité dans la recherche patiente du vrai et du beau : il faut non seulement avoir l'*amour de l'Art*, mais encore la *religion de l'Art*.

# JUGEMENTS ET THÈMES
# DE RÉFLEXION

## L'origine profonde de l'œuvre

« ... quelle que soit l'importance du renseignement, observations et petits faits collectés par l'écrivain, l'origine de son livre ne se trouve pas ailleurs qu'en lui-même. S'il peut, lorsqu'en 1851 il envisage de traiter un tel sujet, être surpris de formuler si nettement sa pensée, c'est qu'il y parvient après une longue préparation. Il a progressivement élaboré une idée directrice, celle de l'amour *inassouvissable*, mystique et sensuel. Surtout, il a, dans ses œuvres de jeunesse, déjà tenté quelques esquisses de son héroïne et de son histoire » (Cl. Digeon, *op. cit.,* p. 63).

## L'ironie corrosive de l'auteur

« ... c'est le langage lui-même qui s'affirme à la fois comme symptôme et comme instrument de critique. Ce double rôle est illustré par l'exploitation systématique du cliché. Les *opinions* des personnages sont aussi fondamentalement ineptes que les notations dans le *Dictionnaire des idées reçues* : c'est que Flaubert éprouve une satisfaction presque perverse toutes les fois qu'il peut écraser un personnage sous le poids de sa propre inanité. Plus encore que la terminologie, c'est le style qui devient instrument de caricature et de parodie. Comédie du langage qui éclaire le sens même d'une œuvre dont le sujet est précisément la tragi-comédie des mensonges, de l'*ersatz*, de l'illusion. Et, derrière les techniques obliques d'intervention, on devine l'indignation permanente de l'auteur. A vrai dire, sa colère implicite (souvent artificiellement entretenue) semble bien une source d'inspiration. N'a-t-il pas confessé devant Edmond de Goncourt : *Non, c'est l'indignation seule qui me soutient !... Quand je ne serai plus indigné, je tomberai à plat* ? L'ironie flaubertienne joue ainsi aux dépens de ses protagonistes. Nous sommes loin ici du sourire tendre et protecteur de Stendhal. Cette ironie est tragique. Elle transforme le lecteur en complice de la destinée » (V. Brombert, *op. cit.*, pp. 57-58).

## La qualité tragique du personnage d'Emma

« Au-delà de cette histoire de la médiocrité, c'est l'existence elle-même qui est en cause. La véritable tragédie pour Flaubert, c'est l'absence de tragédie : la vie n'est jamais au diapason de la souffrance qu'elle inflige. Aucune douleur ne se transforme en véritable deuil. En revenant de l'enterrement, le père d'Emma se remet tranquillement à fumer une pipe. On comprend dès lors ce qu'Emma Bovary représente pour l'auteur. Elle seule se refuse à accepter cette médiocrité, elle seule n'est pas mesquine (et littéralement *se dépense*), elle seule connaît un appétit d'absolu, et même une nostalgie de spiritualité... » (V. Brombert, *op. cit.*, p. 73).

## Quelques oasis de bonheur...

« Auprès de Rodolphe, le soir, sous la tonnelle au fond du jardin, les propos échangés, les vibrations du cœur et des sens atteignent à une perfection d'intensité. Avec Léon, dans la chambre familière, épanchements et abandons se prolongent avec plus de quiétude et de douceur tendre. On perçoit à travers ces pages une sympathie complice, une envie peut-être de l'auteur pour l'exaltation des amants. Il ne mêle rien d'ordinaire à leur contentement, il ne le ramène pas au terre-à-terre de la vulgarité, il ne discrédite pas ces moments euphoriques par quelque remarque matérialiste, comme il a impitoyablement ravalé à une satisfaction digestive les désirs du mari. Il a même paré leurs rencontres d'une étincelante et pure poésie des émotions et du décor, qui est précieux, enveloppant, protecteur et complice comme un écrin » (R. Baniol, *op. cit.,* p. 21).

## L'importance du thème de la chambre

« Dans *Madame Bovary*, d'une façon moins nette cependant que dans *Du côté de chez Swann*, le « thème de la chambre » inaugure chaque phase nouvelle de la vie d'Emma. La chambre est définie comme un endroit nouveau et inconnu, qui laisse espérer une tranche de vie meilleure que la précédente. La première chambre étrangère l'accueille le jour de son entrée au couvent. Elle correspond à l'éducation romanesque d'Emma. La deuxième est la chambre nuptiale, le jour de son arrivée à Tostes. Un bouquet de fleurs d'oranger, oublié sur un secrétaire, lui rappelle qu'elle n'est pas la première femme de Bovary : elle a épousé un veuf ; déjà plane l'ombre de la mort. La troisième est la chambre du château de La Vaubyessard : chambre d'une nuit pour conte de fées. La quatrième est la chambre qui sera son avant-dernière demeure avant la tombe. Jeunesse, mariage et adultère correspondent chacun à un cadre nouveau. Emma croit à la vertu créatrice d'un changement de lieu. La chambre symbolise par ses quatre murs la limite de ses rêves. Si elle peut échapper quelquefois à cette emprise, c'est pour courir s'enfermer dans la chambre de Rodolphe à la Huchette, ou bien dans celle de l'*Hôtel de Bourgogne*, en compagnie de Léon. Ainsi Emma, prisonnière d'une chambre nouvelle, s'abandonne chaque fois à un espoir nouveau et toujours vain » (*L'École des lettres,* 61ᵉ année, n° 8, p. 2).

### Sur la valeur universelle de l'œuvre, cet extrait d'une lettre à Louise Colet du 14 août 1853

« Arrivé à un certain point, sois-en sûre, on ne se trompe plus quant à tout ce qui est de l'âme : ma pauvre Bovary, sans doute, souffre et pleure dans vingt villages de France à la fois, à cette même heure. »

# TABLE DES MATIÈRES

Vie de Gustave Flaubert ............................. 3
Bibliographie............................................. 5
L'homme et l'artiste ................................. 7
Genèse et histoire du roman....................... 15
Analyse du roman..................................... 19

**Madame Bovary**

*Première partie* ........................................ 23
L'arrivée du nouveau ................................ 23
Mademoiselle Emma................................. 27
Un noce à la campagne ............................. 33
Une âme à la recherche de soi-même........... 39
Le bal à La Vaubyessard ........................... 46
Désillusions............................................. 51

*Deuxième partie* ...................................... 55
Les curiosités de Yonville-l'Abbaye.............. 55
Le dîner à l'auberge ................................. 56
Premiers troubles du cœur ......................... 64
Prémices d'une crise ................................. 73
Aux comices ........................................... 77
Le triomphe de la passion.......................... 89
Une lettre du père Rouault......................... 99
Suites malencontreuses d'une opération ........ 103
Rêves touchants, rêves fous........................ 108
Lucie de Lammermoor ............................... 111

*Troisième partie* .......................................... 115
Les rendez-vous à Rouen ........................ 118
Déclin d'une passion............................. 126
Comme une bête aux abois ...................... 128
La mort d'Emma................................. 137
Le désespoir de Charles.......................... 147
L'enterrement ................................... 152
La coupe d'amertume ............................ 156
Dénouement..................................... 159

Étude littéraire ...................................... 165
    Composition et thèmes de l'œuvre......... 165
    Les personnages............................. 177
L'artiste et son œuvre .............................. 185
Jugements et thèmes de réflexion ............... 187

Illustrations : 4, 6, 22, 32, 38, 54, 68, 72, 78, 114, 148.

N° de projet : 10067502 (III) 2 (OSBB 80) - Juin 1999
Imprimé en France par Jean-Lamour, 54320 Maxéville
Dépôt légal : juin 1999 - Dépôt légal 1re édition : 1987